Fera d'alma

Herta Müller

Fera d'alma

tradução
Claudia Abeling

BIBLIOTECA AZUL

Texto fixado conforme as regras do novo Acordo Ortográfico da Língua Portuguesa
(Decreto Legislativo nº 54, de 1995)

Título original: Herztier
Editor responsável: Alexandre Barbosa de Souza
Editora assistente: Juliana de Araujo Rodrigues
Preparação: Laura Rivas Gagliardi
Revisão: Iuri Pereira
Capa e paginação: Negrito Produção Editorial
Imagem da capa: © MAN RAY TRUST/Licenciado por AUTVIS, Brasil, 2013

1ª edição, 2013

DADOS INTERNACIONAIS DE CATALOGAÇÃO NA PUBLICAÇÃO (CIP)
(CÂMARA BRASILEIRA DO LIVRO, SP, BRASIL)

Müller, Herta
Fera d'alma / Herta Müller ; tradução Claudia Abeling. – São Paulo : Globo, 2013.

Título original: Herztier.
ISBN 978-85-250-5344-2

1. Ficção alemã I. Título.

12-15629 CDD-833

Índice para catálogo sistemático:
1. Ficção: Literatura alemã 833

Direitos de edição em língua portuguesa para o Brasil
adquiridos por Editora Globo S.A.
Av. Jaguaré, 1485 – 05346-902 – São Paulo – SP
www.globolivros.com.br

todos tinham um amigo em cada pedacinho de nuvem
num mundo cheio de perigos, com os amigos é assim
minha mãe também diz que isso é muito normal
amigos nem pensar
pense em coisas mais sérias.

GELLU NAUM

Quando ficamos em silêncio, nos tornamos desagradáveis, disse Edgar, quando falamos, nos tornamos ridículos.

Estávamos sentados há tempos diante das imagens no chão. Minhas pernas adormeceram de tanto sentar.

Com as palavras na boca, pisoteamos tantas coisas quanto com os pés na grama. Mas também com o silêncio.

Edgar fazia silêncio.

Ainda não consigo imaginar um túmulo. Só um cinto, uma janela, uma noz e uma corda. Para mim, cada morte é como um saco.

E, quando penso nisso, é como se cada morto deixasse para trás um saco cheio de palavras. Sempre me lembro do barbeiro e da tesourinha de unha, já que os mortos não precisam mais deles. E de que os mortos nunca mais vão perder um botão.

Talvez eles percebessem de um jeito diferente do nosso que o ditador é um erro, disse Edgar.

Eles tinham a prova, pois também éramos um erro para nós mesmos. Pois necessitávamos andar, comer, dormir e amar alguém nesse país, com medo, até precisarmos novamente do barbeiro e da tesourinha de unha.

Quando alguém faz cemitérios só porque anda, dorme e ama uma pessoa, disse Edgar, então esse alguém é um erro maior do que nós. Um erro para todos, ele é um erro dominante.

A grama está na cabeça. Quando falamos, ela é aparada. Mas também quando ficamos em silêncio. E a segunda, a terceira grama, nascem do jeito que quiser. Mesmo assim, temos sorte.

Lola era do sul do país, e dava para perceber nela uma terra que continuou pobre. Não sei onde, talvez nas maçãs do rosto ou ao redor da boca ou entre os olhos. Uma coisa dessas é difícil de se dizer, tanto de uma terra quanto de um rosto. Todas as terras do país haviam continuado pobres, também em todos os rostos. Mas a terra de Lola – como a víamos nas maçãs do rosto ou ao redor da boca ou entre os olhos – talvez fosse mais pobre. Mais terra do que paisagem.

A aridez consome tudo, Lola escreve, exceto as ovelhas, os melões e as amoreiras.

Mas não foi a terra árida que levou Lola à cidade. A aridez não se importa com aquilo que aprendo, Lola escreve no seu caderno. A aridez não repara no quanto eu sei. Só no que eu sou, ou seja, em quem sou. Ser alguém na cidade, escreve Lola, e depois de quatro anos voltar ao vilarejo. Mas não por baixo, pelos caminhos poeirentos, e sim pelo alto, pelos galhos das amoreiras.

Na cidade também havia amoreiras. Mas não nas ruas. Elas ficavam nos quintais. E não em muitos. Elas só existiam nos quintais de gente velha. E embaixo das árvores havia uma cadeira de sala. Seu assento era estofado e de veludo. Mas o veludo estava manchado e rasgado. E o furo havia sido tapado por baixo com um punhado de palha. A palha estava toda amassada por causa do sentar. Ele ficava caindo do lado de baixo do assento feito uma trança.

Quem se aproximasse da cadeira desgastada podia enxergar cada um dos talos da trança. E que um dia eles foram verdes.

Nos quintais com amoreiras, a sombra caía como remanso sobre um rosto velho sentado na cadeira. Como remanso, porque eu ia a esses quintais sem ter intenção e só raramente voltava de lá. Nesse momento precioso, um fio de luz do alto da árvore atingia, em linha muito reta, o rosto velho, uma terra distante. Eu acompanhava esse fio com o olhar, para cima e para baixo. Um calafrio percorria minhas costas, porque esse remanso não vinha dos galhos das amoreiras, mas da solidão dos olhos no rosto. Eu não queria que alguém me visse nesses quintais. Que alguém me perguntasse o que eu estava fazendo ali. Eu não fazia nada além do que aquilo que enxergava. Ficava muito tempo contemplando as amoreiras. E, depois, antes de partir de novo, mais uma vez o rosto que estava sentado na cadeira. Havia uma terra nesse rosto. Eu enxergava um homem jovem ou uma mulher jovem deixando essa terra, levando um saco com uma amoreira. Eu enxergava nos quintais da cidade as muitas amoreiras trazidas.

Mais tarde, li no caderno de Lola: Carregamos no rosto o que levamos de uma terra.

Lola queria fazer faculdade de russo em quatro anos. A prova de admissão tinha sido fácil, pois havia vagas suficientes, o mesmo número nas faculdades e nas escolas do interior. E poucos queriam estudar russo. Desejos são difíceis, escreve Lola, objetivos são mais simples. As unhas de um homem que tem estudo, escreve Lola, são limpas. Em quatro anos ele virá comigo, pois gente assim sabe que será rei no vilarejo. Que o barbeiro virá à sua casa e que descalçará os sapatos diante da porta. Nunca mais ovelhas, escreve Lola, nunca mais melões, somente amoreiras, pois folhas temos todos.

Um pequeno cubículo fazendo as vezes de quarto, uma janela, seis moças, seis camas, uma mala debaixo de cada cama. Ao lado da porta, um armário embutido na parede, acima da porta, junto ao teto, um alto-falante. Os coros dos trabalhadores cantavam do teto para a porta, da parede para as camas, até a noite chegar. Depois eles silenciavam, como a rua diante da janela e, lá fora, o parque desgrenhado, pelo qual ninguém mais passava. Havia quarenta pequenos cubículos em cada alojamento.

Alguém disse que os alto-falantes veem e escutam tudo o que fazemos.

As roupas das seis moças ficavam apertadas dentro do armário. Lola era a que menos roupas tinha. Ela vestia as roupas de todas as outras moças. As meias das moças ficavam debaixo das camas, nas malas.

Alguém cantava:

Minha mãe diz
que quando me casar
vou ganhar
vinte travesseiros grandes
todos cheios de percevejos
vinte travesseiros pequenos
todos cheios de formigas
vinte travesseiros moles
todos cheios de folhas velhas

e Lola estava sentada no chão ao lado da cama, abrindo sua mala. Ela revirava as meias e ergueu diante do rosto uma bola de pernas e dedos e calcanhares emaranhados. Ela deixou as meias caírem no chão. As mãos de Lola tremiam e, em seu rosto, os olhos eram mais do que dois. Suas mãos estavam vazias e eram mais do que duas no ar. Havia quase tantas mãos no ar quanto meias no chão.

Olhos, mãos e meias não se toleravam numa canção que estava sendo cantada duas camas mais para a frente. Cantadas em pé por uma cabeça pequena, que balançava com uma ruga de preocupação na testa. Uma canção que logo fez a ruga sumir.

Debaixo de cada cama havia uma mala com meias de algodão emboladas. Em todo o país eram chamadas de meias básicas. Meias básicas para moças que queriam meias-calças, tão lisas e finas quanto um sopro. E moças queriam laquê de cabelo, rímel e esmalte.

Debaixo dos travesseiros das camas havia seis caixinhas com rímel. Seis moças cuspiam nas caixinhas e reviravam a fuligem com palitos de dentes, até a massa preta grudar neles. Em seguida, elas arregalavam os olhos. O palito arranhava a pálpebra, os cílios ficavam pretos e grossos. Mas uma hora mais tarde havia pontos cinzas nos cílios. A saliva tinha secado e a fuligem caía nas maçãs do rosto.

As moças queriam fuligem no rosto, rímel nos olhos, mas nunca mais fuligem das fábricas. Apenas muitas meias-calças finíssimas, porque os fios corriam com tanta facilidade, e as garotas tinham de prendê-los no tornozelo e nas coxas. Prendê-los e colá-los com esmalte de unha.

Será difícil manter brancas as camisas de um senhor. Se ele voltar comigo à aridez depois de quatro anos, será o meu amor. Se ele for capaz de impressionar com suas camisas brancas os pedestres no vilarejo, será o meu amor. E também se for um senhor a quem o barbeiro vai em casa e tira os sapatos antes de entrar. Será difícil manter brancas as camisas em meio a toda essa sujeira infestada de pulgas, escreve Lola.

Pulgas até nas cascas das árvores, Lola disse. Alguém falou que não são pulgas, são piolhos-das-plantas. Lola escreve em seu caderno: Pulgas de folha são ainda piores. Alguém falou que não grudam nos humanos porque os humanos não têm folhas. Lola escreve que grudam em tudo, quando o sol arde, até no vento. E todos temos folhas. As folhas caem quando não crescemos mais, pois a infância passou. E as folhas voltam quando encolhemos, pois o amor passou. Folhas crescem a seu bel-prazer, escreve Lola, como a grama alta. Duas, três crianças no vilarejo não têm folhas e têm uma infância longa. São filhos únicos porque têm pai e mãe que são gente escolada. As pulgas das folhas transformam crianças mais velhas em crianças mais novas, uma de quatro anos numa de três anos, uma de três anos numa de um ano. E até numa de seis meses, escreve Lola, e até numa recém-nascida. E quanto mais irmãos têm pulgas, menor se torna a infância.

Um avô diz: Minha tesoura de poda. Fico mais velho e cada dia menor e mais magro. Mas minhas unhas crescem mais rápido e mais grossas. Ele cortava as unhas com a tesoura de poda.

Uma menina não deixa que lhe cortem as unhas. Dói, diz a menina. A mãe amarra a filha à cadeira com os cintos dos vestidos. A filha está com os olhos mareados e grita. A tesourinha de unha cai várias vezes da mão da mãe. Para cada dedo a tesourinha cai no chão, pensa a menina.

Sangue goteja sobre um dos cintos, o verde-grama. A menina sabe: quando sangramos, morremos. Os olhos da menina estão molhados e veem a mãe desfocada. A mãe ama a filha. Ela a ama feito um vício e não consegue se segurar, pois sua razão está tão ligada ao amor como a menina à cadeira. A menina sabe: em seu amor amarrado, a mãe tem de cortar as mãos. Ela tem de meter os dedos cortados no bolso de seu avental e ir ao pátio, como se os dedos fossem para serem jogados fora. Ela tem de ir ao pátio, onde ninguém mais a vê, comer os dedos da filha.

A menina acha que a mãe vai mentir à noite, dizendo que sim quando avô lhe perguntar: Você jogou fora os dedos.

E a menina imagina o que ela própria fará à noite. Que dirá, *ela está com os dedos*, e que vai contar tudo:

Ela saiu com os dedos para a rua. Ela estava na grama. Ela também estava no jardim, no caminho e no canteiro. Ela andou ao lado da parede e atrás da parede. Ela foi ao armário de ferramentas com os parafusos. Também ao armário de roupas. Ela chorou dentro do armário. Ela limpou o rosto com uma das mãos. Ao mesmo tempo, ela tirava a outra do avental e a colocava na boca. O tempo todo.

O avô coloca a mão sobre a boca. Talvez ele queira mostrar, aqui no quarto, como se come os dedos lá fora no pátio, pensa a menina. Mas a mão do avô não se mexe.

A menina continua a falar. Ao falar, alguma coisa fica presa na língua. A menina pensa que só pode ser a verdade, que se prende na língua como uma semente de cereja que não quer cair na garganta. Enquanto a voz entra no ouvido durante a conversa, ela espera pela verdade. Mas logo depois do silêncio, a menina pensa que tudo é mentira, pois a verdade caiu na garganta. Porque a boca não falou a palavra *comido*.

A palavra não é formulada pelos lábios da menina. Só que ela esteve na ameixeira. No caminho do jardim, ela não pisoteou a lagarta, o sapato desviou.

O avô fecha os olhos.

A mãe se afasta e agora tira agulha e linha do armário. Ela se senta na cadeira e alisa o avental, até que o bolso fique visível. Ela dá um nó na linha. Mamãe está mentindo, pensa a menina.

A mãe costura um botão. A linha recém-costurada cobre a linha antiga. Há algo de verdade na mentira da mãe, porque o botão de seu avental está solto. O botão fica com a linha mais grossa. A luz da lâmpada elétrica também tem linhas.

Depois a menina fecha os olhos. Atrás de seus olhos fechados, a mãe e o avô estão pendurados sobre a mesa numa corda retorcida de luz e linha.

O botão com a linha mais grossa vai aguentar mais tempo. A mãe nunca irá perdê-lo, a menina pensa, é mais fácil ele quebrar.

A mãe joga a tesoura dentro do armário de roupas. No dia seguinte e toda quarta-feira o barbeiro do avô vem ao quarto.

O avô diz: Meu barbeiro.

O barbeiro diz: Minha tesoura.

Meu cabelo caiu na Primeira Guerra Mundial, diz o avô. Quando minha cabeça estava toda careca, o barbeiro da companhia esfregou o couro cabeludo com um sumo de folhas. Meus cabelos voltaram a crescer. Mais bonitos do que antes, disse o barbeiro da companhia para mim. Ele gostava de jogar xadrez. O barbeiro da companhia teve a ideia do sumo de folhas porque eu trazia galhos cheios de folhas, dos quais entalhei um tabuleiro de xadrez. Eram galhos de folhas cinza e vermelha de uma mesma árvore. E, tão distintas como as folhas, era também a madeira. Eu entalhei metade das peças com madeira clara e a outra com escura. As folhas claras só escureciam no outono. As árvores tinham essas duas cores porque os galhos cinza atrasavam seu crescimento todos os anos. Ambas as cores eram boas para minhas peças de xadrez, disse vovô.

Primeiro, o barbeiro corta o cabelo do avô. O avô está sentado na cadeira, sem mexer a cabeça. O barbeiro diz: Se não cortar o cabelo, a cabeça se torna um matagal. Durante esse tempo, a mãe amarra a filha com os cintos dos vestidos à cadeira. O barbeiro diz: Se não cortar as unhas, os dedos se tornam pás. Só os mortos podem deixá-las assim.

Me solte, me solte.

Das seis moças do cubículo, Lola era a que menos tinha meias-calças finas. E as poucas estavam grudadas com esmalte nos tornozelos e nas coxas. Também nas panturrilhas. Os fios corriam também porque Lola não conseguia segurá-los quando ela própria tinha de correr nas ruas, numa calçada ou pelo parque desgrenhado.

Com seu desejo por camisas brancas, Lola precisava correr atrás, e para longe. Mesmo na felicidade mais extrema, o desejo continuava tão pobre quanto a terra em seu rosto.

Às vezes, Lola não conseguia segurar os fios que corriam porque estava na aula. Na cátedra, Lola dizia, sem saber o quanto gostava dessa palavra.

À noite, Lola pendurava suas meias-calças na janela, com os pés para fora. As meias-calças ficavam penduradas pela janela como se os pés e as pernas de Lola estivessem dentro delas, os dedos e os calcanhares duros, as panturrilhas e os joelhos esgarçados. Poderiam caminhar sozinhas sem Lola pelo parque desgrenhado até a cidade escura.

Alguém no cubículo perguntou, onde está minha tesourinha de unha. Lola disse, no bolso do casaco. Alguém perguntou, em qual. No seu. Como assim, você a levou ontem de novo. Lola disse, no bonde, e colocou a tesourinha de unha sobre a cama.

Lola sempre cortava as unhas no bonde. Muitas vezes viajava sem rumo. Ela cortava e lixava as unhas nos vagões em movimento, e empurrava a cutícula para trás com os dentes até que a meia-lua branca de cada unha estivesse do tamanho de um feijão.

Nas paradas, Lola colocava a tesourinha de unha no bolso e olhava para a porta, se alguém entrava. Porque todos os dias entrava alguém de um jeito como se fosse um conhecido, Lola escreveu em seu caderno. Mas quando é noite, então a mesma pessoa entra de um jeito como se estivesse me procurando.

Durante a noite, quando ninguém mais andava pelas ruas e pelo parque desgrenhado, quando se escutava o vento, e o céu não era nada além de um ruído, Lola vestia sua meia-calça fina. E antes de fechar a porta por fora, dava para ver na luz do cubículo que Lola tinha pés duplos. Alguém perguntou, aonde você vai. Mas os passos de Lola já ecoavam no corredor longo, vazio.

Talvez eu chamasse alguém nos primeiros três anos a esse cubículo. Porque naquela época, todas, exceto Lola, podiam chamar alguém. Pois tinha quem não gostasse de Lola no cubículo claro. Todas.

Alguém se aproximou da janela e não viu nenhuma Lola passando. Apenas um pequeno ponto saltitante.

Lola pegava o bonde. Se alguém subisse na próxima parada, ela arregalava os olhos.

Por volta da meia-noite, entravam apenas homens que iam para casa depois do turno da noite na fábrica de sabão em pó e no matadouro. Eles saem da noite para entrar na luz do bonde, escreve Lola, e eu vejo um homem que está tão cansado do dia que apenas uma sombra está vestida com suas roupas. E em sua cabeça faz tempo que não há amor, em seu bolso não há dinheiro. Só sabão em pó furtado ou os miúdos dos animais abatidos: línguas de boi, entranhas de porco ou o fígado de um bezerro.

Os homens de Lola sentavam-se no primeiro banco. Eles adormeciam na luz, deixavam as cabeças pender e estremeciam com o ruído dos trilhos. Em algum momento apertam as bolsas firmemente contra si, escreve Lola, eu vejo suas mãos sujas. Por causa das bolsas, eles olham de relance para o meu rosto.

Nesse olhar rápido, Lola acende fogo numa cabeça cansada. Eles não fecham mais os olhos, escreve Lola.

Na parada seguinte, um homem desceu atrás de Lola. Seus olhos carregavam a escuridão da cidade. E a avidez de um cachorro magro, escreve Lola. Lola não olhou para os lados, caminhou rápido. Ela atraía os homens ao deixar a rua, pegando o caminho mais curto até o parque desgrenhado. Sem uma palavra, escreve Lola, me deito na grama e ele coloca a bolsa atrás do galho mais longo, mais baixo. Não há nada para dizer.

A noite atiçou o vento, e Lola, muda, agitou a cabeça e a barriga para lá e para cá. Sobre seu rosto, as folhas farfalhavam, assim como antes, anos atrás, farfalharam sobre um filho de seis meses, o sexto, não desejado por ninguém exceto pela pobreza. E assim como antes, as pernas de Lola foram arranhadas pelos galhos. Mas nunca o seu rosto.

Há meses Lola trocava, uma vez por semana, o jornal do mural envidraçado do alojamento dos estudantes. Ela estava ao lado da porta de entrada e movimentava os quadris. Soprava as moscas mortas para fora e limpava o vidro com duas meias básicas da sua mala. Molhava o vidro com uma das meias, com a outra secava-o. Daí trocava os recortes de jornal, amassava o penúltimo discurso do ditador e colava o último. Depois de terminar, Lola jogava as meias fora.

Quando Lola já tinha usado quase todas as meias básicas de sua mala no mural envidraçado, pegou as meias de outra mala. Alguém disse, essas meias são minhas e não suas. Lola retrucou, você não as usa mais.

Um pai trabalha no jardim, no verão. Uma menina está diante do canteiro e pensa: Papai sabe algo sobre a vida. Pois papai coloca sua consciência pesada nas plantas mais idiotas e as arranca. Pouco antes disso, a menina tinha desejado que as plantas mais idiotas fugissem e sobrevivessem ao verão. Mas elas não podiam fugir porque suas penas brancas apareciam apenas no outono. Apenas então aprendiam a voar.

O pai nunca precisou fugir. Ele tinha marchado pelo mundo, cantando. Ele tinha feito cemitérios no mundo e partido depressa dos lugares. Uma guerra perdida, um soldado da ss volta para casa, uma camisa de verão recém-passada estava no armário, e na cabeça do pai ainda não havia cabelos brancos.

Papai acordava cedo pela manhã, ele gostava de se deitar sobre a grama. Deitado, ele observava as nuvens avermelhadas, que traziam o dia. E como a manhã ainda era tão fria quanto a noite, as nuvens avermelhadas acabavam rasgando o céu. O dia despontava no céu alto, embaixo, na grama, a solidão despontava na cabeça do pai. Ela empurrava rápido o pai até a pele quente de uma mulher. Ele se aquecia. Ele tinha feito cemitérios e fazia rápido um filho na mulher.

O pai carrega os cemitérios na garganta, onde fica a laringe, entre a gola da camisa e o queixo. A laringe é pontuda e está trancada. Dessa maneira, os cemitérios nunca conseguem emergir até seus lábios. Sua boca bebe aguardente das ameixas mais escuras, e suas canções são pesadas e embriagadas para o Führer.

A enxada faz uma sombra no canteiro, essa sombra não

ajuda a arrancar, a sombra fica parada e olha para o caminho do jardim. Lá, uma menina está colhendo ameixas verdes, enchendo os bolsos.

Entre as plantas mais idiotas arrancadas, o pai diz: Ameixas verdes não são de comer, o caroço ainda é mole e a gente morde a morte. Não há o que fazer, a gente morre. O coração arde de febre por dentro.

Os olhos do pai estão embaçados, e a filha vê que o pai a ama feito um vício. Que ele não consegue se segurar em seu amor. Que ele, que constrói cemitérios, deseja a morte à filha.

Por isso, mais tarde, a filha vai comer até o fim os bolsos cheios de ameixas. Todos os dias, quando o pai não vê a filha, ela esconde meia árvore na barriga. A filha come e pensa, isso é para morrer.

Mas o pai não vê, e a filha não precisa morrer.

As plantas mais idiotas eram os cardos. O pai sabia algumas coisas sobre a vida. Assim como cada um que diz algo sobre a morte sabe como a vida vai andando.

Às vezes eu via Lola nos chuveiros, à tarde, quando o banho já era tarde demais para o dia e ainda era cedo demais para a noite. Vi nas costas de Lola um vergão de escaras e, sobre a dobra na nádega, um círculo de escaras. O vergão e o círculo se pareciam com um pêndulo.

Lola virou rápido as costas e eu vi o pêndulo no espelho. Ele devia ter oscilado, porque Lola estava assustada quando eu entrei no recinto dos chuveiros.

Pensei, Lola tem uma pele esfolada, mas nunca um amor. Só estocadas na barriga no chão do parque. E, sobre ela, os olhos caninos dos homens, que passam o dia inteiro escutando o sabão em pó cair no cano largo, e os estertores dos animais. Esses olhos ardiam sobre Lola porque ficavam apagados durante todo o dia.

Todas as moças que viviam no mesmo andar do alojamento, vizinhas de porta no cubículo, guardavam sua comida numa geladeira do refeitório. Queijo de cabra e salame de casa, ovos e mostarda.

Quando eu abria a geladeira, bem no fundo da gaveta havia uma língua ou um rim. A língua ressecava pelo frio; o rim estufado, rachava, marrom. Depois de três dias, o fundo da gaveta estava vazio de novo.

Eu enxergava a terra que continuava pobre no rosto de Lola. Nem os ossos das maçãs do rosto nem o contorno da boca nem o centro dos olhos me diziam se ela comia ou jogava fora as línguas e os rins.

Nem a cantina nem o ginásio de esportes me diziam se ela comia ou jogava fora os miúdos dos animais abatidos. Eu queria saber. Minha curiosidade ardia, a fim de melindrar Lola. Eu ficava cega de tanto olhar. Mas eu podia olhar Lola durante muito tempo ou de relance, eu enxergava apenas a terra em seu rosto. Eu só surpreendia Lola quando ela estava fritando ovos sobre o ferro de passar quente, e os raspava com uma faca e os comia. Mas Lola me oferecia uma ponta da faca para provar. É gostoso, dizia Lola, porque não é tão gorduroso quanto na frigideira. Depois de comer, Lola guardava o ferro no canto.

Alguém disse: Limpe o ferro depois de comer. E Lola dizia: Ele já não serve mais para passar mesmo.

Essa cegueira me torturava. Quando eu ficava com Lola na fila da cantina, para comer, e depois me sentava com ela à mesa, eu pensava, essa cegueira acontece porque só podemos usar colheres. Nunca um garfo, nunca uma faca. Porque só podemos amassar a carne no prato com a colher e daí soltá-la com a boca e morder os pedaços. Essa cegueira acontece, eu pensava, porque nunca podemos cortar com a faca nem picar com o garfo. Porque comemos feito animais.

Todos estão famintos na cantina, escreve Lola em seu caderno, um monte de gente amassando e arrotando. E cada um é, individualmente, uma ovelha teimosa. Juntos, uma alcateia de cães vorazes.

No ginásio de esportes, pensei que sofria dessa cegueira porque Lola não conseguia pular sobre o plinto, porque seus cotovelos se dobravam debaixo da barriga em vez de ficar esticados, porque ela levantava molenga os joelhos em vez de abrir as pernas feito uma tesoura. Lola ficou presa e escorregou de bunda no plinto. Ela nunca conseguiu saltá-lo. Ela caía com o rosto no colchonete, não com os pés. Ela ficava deitada no colchonete até o professor de ginástica gritar.

Lola sabia que o professor de ginástica iria levantá-la pelos ombros, pela bunda, pelos quadris. Que, quando seu ataque de raiva passasse, ele tocaria nela em todos os lugares que conseguisse. E Lola deixava o corpo pesar, para que ele tivesse de agarrá-la com mais força.

Todas as moças ficaram paradas atrás do plinto, ninguém saltou e ninguém pôde voar porque o professor dava um copo d'água gelada para Lola. Ele o trouxe do vestiário e segurou na frente da boca dela. Lola sabia que ele seguraria sua cabeça durante mais tempo se ela tomasse a água devagar.

Depois da aula de ginástica, as moças ficavam diante dos armários estreitos no vestiário e vestiam novamente suas roupas. Alguém disse, você está usando minha blusa. Lola disse, eu não vou comer sua blusa, preciso dela só hoje, tenho um compromisso.

Todos os dias no cubículo alguém dizia, entenda, as roupas não são suas. Mas Lola as usava e ia à cidade. Lola trocava de roupa como os dias se sucediam naquela época. As roupas ficavam amassadas e suadas do suor ou da chuva e da neve. Lola as pendurava de volta no armário, bem apertadas umas com as outras.

Havia pulgas nos armários porque nas camas havia pulgas. Nas malas, com as meias básicas, no longo corredor. Havia pulgas também na sala de refeições, no recinto dos chuveiros e na cantina. No bonde, nas lojas e no cinema.

Durante as orações todos se coçam, escreve Lola em seu caderno. Ela ia à igreja todos os domingos pela manhã. O padre também se coçava. Pai nosso, que estás no céu, escreve Lola, e há pulgas na cidade toda.

Era noite no cubículo, mas não muito tarde. O alto-falante cantava suas canções operárias, calçados ainda percorriam as ruas, ainda havia vozes no parque desgrenhado, as folhas ainda eram cinza e não pretas.

Lola estava deitada na cama, vestida apenas com as meias grossas. À noite, meu irmão toca as ovelhas para casa, escreve Lola, ele precisa atravessar a plantação de melões. Deixou o campo muito tarde, está ficando escuro, e as ovelhas andam com as pernas finas sobre os melões e escorregam. Meu irmão dorme no estábulo, e as ovelhas passam a noite inteira com as patas vermelhas.

Lola meteu uma garrafa vazia entre as pernas, ela agitou a cabeça e a barriga. Todas as moças estavam em volta da sua cama. Alguém puxou seus cabelos. Alguém riu alto. Alguém colocou a mão na boca e ficou assistindo. Alguém começou a chorar. Não sei mais qual dessas era eu.

Mas ainda sei que nesse início de noite eu estava zonza depois de ficar olhando um tempão pela janela. O quarto bambeava no vidro. Eu enxerguei todas nós, bem pequenininhas, em volta da cama de Lola. E sobre nossas cabeças eu via Lola muito grande atravessando a janela fechada e indo até o parque desgrenhado. Vi os homens de Lola na parada, em pé, esperando. Um bonde passava, ruidoso, pelas minhas têmporas. Andava feito uma caixinha de fósforos. A luz no vagão também tremeluzia feito uma chama, como uma que protegemos com a mão quando está ventando. Os homens de Lola se empurravam e distribuíam cotoveladas. Seus bolsos espalhavam ao lado dos trilhos o sabão em pó e os miúdos dos animais abatidos. Daí alguém desligou a luz e a imagem desapareceu da janela, só as luzes amarelas dos postes pendiam em fila do outro lado da rua. Em seguida, eu estava novamente entre as moças em volta da cama de Lola. Escutei um ruído debaixo das costas de Lola, sobre a cama, que eu nunca vou esquecer e que eu nunca poderia confundir com nenhum outro ruído do mundo. Escutei Lola ceifando o amor que nunca havia crescido, cada talo comprido sobre seu lençol sujo de linho branco.

Naquele tempo, o pêndulo de escaras bateu na minha cabeça, quando Lola ofegou, fora de si.

No reflexo da janela, apenas um dos homens de Lola não vi.

Lola ia cada vez com mais frequência à cátedra e ela ainda gostava da expressão cátedra. E ela repetia a expressão cada vez mais e ainda não sabia do quanto gostava dela. Ela falava cada vez mais sobre consciência e isonomia entre cidade e vilarejo. Lola era membro do partido havia uma semana e mostrava sua caderneta vermelha. Na primeira página aparecia sua foto. A caderneta circulou pelas mãos das moças. E pela foto eu distinguia no rosto de Lola, ainda melhor, a terra que tinha permanecido pobre, pois o papel era tão brilhante. Alguém disse, mas você frequenta a igreja. E Lola disse, os outros fazem isso também. Basta apenas não demonstrar que o outro é conhecido. Alguém disse, Deus cuida de você lá em cima e o partido cuida aqui em baixo.

Folhetos do partido amontoavam-se ao lado da cama de Lola. Alguém sussurrou no cubículo e alguém fez silêncio. As moças sussurravam e faziam silêncio bastante tempo quando Lola estava no cubículo.

Lola escreve em seu caderno: Mamãe vai comigo à igreja. Está frio, mas no meio do incenso do padre parece estar quente. Todos tiram as luvas e as seguram entre as mãos cruzadas. Estou sentada no banco das crianças. Sentei-me na beiradinha, para conseguir enxergar mamãe.

Desde que Lola passou a limpar o mural, as moças sinalizavam com os olhos e as mãos quando não queriam dizer algo na frente de Lola.

Mamãe diz que reza por mim também, escreve Lola. Minha luva tem um buraco na ponta do polegar, os pontos soltos ao redor do buraco se parecem com uma coroa. Para mim, é uma coroa de espinhos.

Lola estava sentada na cama e lia um livreto sobre a melhoria do trabalho ideológico do partido.

Puxo o fio, escreve Lola, a coroa de espinhos se vira para baixo. Mamãe canta, Deus tenha piedade de nós e eu descosturo todo o polegar da luva.

Lola sublinhava tantas frases no livreto fino como se a mão não a deixasse ver com clareza. A pilha de livretos de Lola crescia ao lado da cama feito um criado-mudo torto. Entre sublinhar uma linha e outra, Lola ficava um tempão pensando.

Não vou jogar a lã fora, escreve Lola, mesmo se ela estiver toda estropiada.

Lola fazia parênteses entre as frases dos folhetos. Ao lado de cada parêntese, ela anotava um grande xis na margem.

Mamãe vai tricotar novamente o polegar, escreve Lola, e vai usar lã nova para a ponta.

Certa tarde, quando Lola estava no quarto ano, todas as roupas das moças apareceram em cima das camas. A mala de Lola estava aberta debaixo da janela descerrada, com suas poucas peças de roupas e livros dentro.

Nessa tarde, eu soube por que não consegui enxergar um dos homens de Lola na noite do reflexo da janela. Ele era diferente dos homens de cada meia-noite e de cada último turno. Ele fazia suas refeições na escola do partido, não usava o bonde, nunca seguia Lola até o parque desgrenhado, ele tinha um carro e um chofer.

Lola escreve no caderno: Bem, ele é o primeiro de camisa branca.

E foi assim naquela tarde, pouco antes das três, quando Lola já estava no quarto ano e quase tinha se tornado alguém: as roupas das moças estavam separadas das roupas de Lola em cima das camas. O sol batia, quente, sobre o cubículo, e o pó estava assentado no linóleo como uma pelagem. E ao lado da cama de Lola, onde faltavam os livretos, havia uma mancha vazia, escura. E Lola estava pendurada no meu cinto dentro do armário.

E vieram três homens. Eles fotografaram Lola no armário. Em seguida, afrouxaram o cinto e o meteram num saco transparente, tão fino quanto as meias-calças das moças.

Os homens tiraram três pequenas caixas dos bolsos de suas jaquetas. Fecharam a mala de Lola e abriram as caixas. Em cada caixa havia um pó de verde muito vivo. Eles o espalharam sobre a mala e depois sobre a porta do armário. O pó era tão seco quanto o rímel sem saliva. Eu os fiquei observando, assim como as outras moças. Fiquei espantada ao saber que havia fuligem verde-vivo.

Os homens não nos perguntaram nada. Eles sabiam o motivo.

Cinco moças estavam em pé ao lado da entrada do alojamento de estudantes. No mural envidraçado, a fotografia de Lola, a mesma que constava do livro do partido. Sob a foto havia uma folha. Alguém leu em voz alta:

Esta estudante cometeu suicídio. Abominamos seu ato e a desprezamos. É uma vergonha para todo o país.

No final da tarde, encontrei o caderno de Lola dentro da minha mala. Ela o tinha escondido debaixo das minhas meias, antes de pegar meu cinto.

Coloquei o caderno dentro da bolsa e fui até o ponto. Entrei no bonde e li. Comecei com a última página. Lola escreve: O professor de ginástica me chamou à noite até o ginásio de esportes e trancou-o por dentro. Só as bolas de couro grandes assistiram. Uma vez teria sido suficiente para ele. Mas segui-o secretamente e achei sua casa. Vai ser impossível manter brancas as suas camisas. Ele me denunciou ao catedrático. Nunca vou escapar da miséria. Deus não perdoará o que farei. Mas meu filho nunca tocará ovelhas de patas vermelhas.

À noite, secretamente, devolvi o caderno de Lola à minha mala, debaixo das meias. Tranquei a mala e coloquei a chave debaixo do meu travesseiro. Pela manhã, peguei a chave. Amarrei-a no elástico da calça, pois às oito era hora da aula de ginástica. Por causa da chave eu me atrasei um pouco.

As moças já estavam de calças curtas pretas e camisetas brancas de ginástica, formando uma fila numa ponta do banco de areia. Duas delas tinham se postado na outra ponta e seguravam o metro. O vento soprava entre a folhagem espessa das árvores. O professor de ginástica ergueu o braço, estalou dois dedos e todas as garotas começaram a jogar os pés para o ar.

A areia estava seca. Só era úmido onde os dedos tinham tocado. Os meus dedos estavam tão frios quanto a chave na minha barriga. Olhei para o alto, para as árvores, antes de tomar impulso. Joguei os pés para cima, mas não voaram longe. No voo, pensei na chave da mala. As duas moças estenderam o metro e disseram o número. O professor de ginástica anotou o salto como um horário em seu caderno. Vi o lápis recém-apontado em sua mão e pensei, combina com ele, só a morte pode medir pelas extremidades.

Quando voei pela segunda vez, a chave tinha esquentado tanto quanto minha pele. Ela não fazia mais pressão.

Depois de meus dedos terem entrado na areia úmida, eu me levantei rápido para o professor não tocar em mim.

A Lola enforcada foi expulsa do partido dois dias depois, às quatro da tarde, no auditório principal, e jubilada da faculdade. Centenas assistiram.

Alguém ficou atrás da tribuna e falou: Ela nos enganou a todos e não merece ser estudante de nosso país e membro de nosso partido. Todos aplaudiram.

À noite, alguém disse no cubículo: Aplaudiram tanto porque estavam com vontade de chorar. Ninguém ousou ser o primeiro a parar. Durante as palmas, todos olhavam para as mãos dos outros. Alguns tinham parado por um instante, levaram um susto e continuaram a aplaudir. A maioria gostaria de ter parado, dava para escutar como as palmas perdiam seu ritmo no auditório, mas como esses poucos tinham recomeçado a aplaudir uma segunda vez e mantinham o ritmo, a maioria continuava também. Apenas quando um único ritmo retumbou pelas paredes, feito de um sapato grande, o orador fez um sinal com as mãos para parar.

A fotografia de Lola ficou no mural envidraçado durante duas semanas. Mas depois de dois dias, o caderno de Lola desapareceu da minha mala trancada.

Os homens com a fuligem verde-vivo deitaram Lola sobre a cama e a carregaram para fora do cubículo. Por que eles passaram primeiro os pés da cama pela porta. Alguém carregou a mala com as roupas e o saco com meu cinto atrás da cabeceira. Ele carregava a mala e o cinto na mão direita. Por que ele não fechou a porta? Sua mão esquerda estava livre.

Cinco moças ficaram para trás, no cubículo, cinco camas, cinco malas. Depois de colocarem a cama de Lola do lado de fora, alguém fechou a porta. A cada movimento no quarto, fios de poeira se enovelavam no ar quente, claro. Alguém estava junto à parede, se penteando. Alguém fechou a janela. Alguém pôs os cadarços nos sapatos de um jeito diferente.

Nenhum movimento nesse quarto tinha um motivo. Todas estavam mudas e faziam algo com as mãos, porque ninguém ousava devolver as roupas que estavam em cima das camas para os armários.

Mamãe diz: Quando você não suporta mais a vida, arrume seu armário. As preocupações passam pelas suas mãos e a cabeça fica leve.

Mas é fácil para mamãe falar. Ela tem cinco armários e cinco arcas na casa. E mesmo que mamãe passe três dias seguidos arrumando os armários e as arcas, isso ainda parece trabalho.

Passei pelo parque desgrenhado e deixei a chave cair no mato. Não havia chave que protegesse a mala de mãos estranhas quando nenhuma das moças estava do quarto. Talvez não existisse chave alguma contra mãos conhecidas, que, no cubículo, misturavam a fuligem dos cílios com o palito de fósforo, ligavam ou desligavam a luz ou limpavam o ferro de passar depois da morte de Lola.

Talvez ninguém devesse ter sussurrado ou feito silêncio enquanto Lola estava no quarto. Talvez alguém pudesse ter dito tudo para Lola. Talvez exatamente eu pudesse ter dito tudo para Lola. O fecho da mala tinha se transformado em mentira. Havia tantas chaves de mala iguais no país quanto coros de trabalhadores. Todas as chaves eram uma mentira.

Ao voltar do parque, alguém cantou no cubículo pela primeira vez depois da morte de Lola:

Ontem à noite o vento forte trouxe
meu amor aos meus braços
se ele tivesse sido mais forte
meus braços teriam se quebrado
que sorte que o vento parou de soprar.

Alguém cantou uma canção romena. Através da canção, olhei pela noite e vi ovelhas de pés vermelhos andando. Escutei como o vento parou de soprar nessa canção.

Uma menina está deitada na cama e diz: Não apague a luz, senão as árvores escuras vão entrar. Uma avó cobre a criança. Durma rápido, ela diz, quando todos estão dormindo, o vento também adormece nas árvores.

O vento não podia continuar soprando. Nessa linguagem infantil da hora de dormir, ele sempre adormecia.

Depois de os aplausos no auditório principal terem sido interrompidos pela mão do reitor, o professor de ginástica se aproximou do palanque. Ele estava usando uma camisa branca. Votou-se a expulsão de Lola do partido e sua jubilação da faculdade.

O professor de ginástica foi o primeiro a erguer a mão. E todas as mãos se ergueram, imitando-o. Ao levantar o braço, todos olhavam os braços levantados dos outros. Se o próprio braço não estivesse tão alto no ar como o dos outros, algumas pessoas esticavam o cotovelo mais um pouco. Seguravam as mãos no alto até os dedos caírem, cansados, para a frente e os cotovelos puxarem, pesados, para baixo. Olhavam ao redor e, como ninguém tinha abaixado o braço, voltavam a endireitar os dedos e a arrumar os cotovelos. Dava para ver as manchas de suor debaixo dos braços, as barras das camisas e das blusas que se soltavam. Os pescoços estavam esticados, as orelhas vermelhas, os lábios semiabertos. As cabeças não se movimentavam, mas os olhos deslizavam para lá e para cá.

Fazia tanto silêncio entre as mãos, alguém disse no cubículo, que dava para escutar a respiração subindo e descendo sobre a madeira dos bancos. E o silêncio permaneceu até o professor de ginástica apoiar seu braço no púlpito e dizer: Nem é preciso contar, é evidente que todos são a favor.

Esses que estão caminhando por estas ruas, pensei no dia seguinte na cidade, todos estiveram no auditório principal, imitaram o braço do professor de ginástica, voaram sobre o plinto. Todos endireitaram os dedos, arrumaram os cotovelos e deslizaram os olhos para lá e para cá, em silêncio. Contei todos os rostos que passavam por mim sob o sol escaldante. Contei até novecentos e noventa e nove. As solas dos meus pés ardiam, sentei-me num banco, encolhi os dedos do pé e apoiei as costas. Coloquei o indicador sobre o rosto e me juntei à conta. Mil, falei a mim mesma e engoli o número.

E uma pomba passou pelo banco e eu a acompanhei com o olhar. Ela cambaleava, e as asas estavam pensas. Seu bico estava semiaberto por causa do calor. Ela bicava e isso fazia um barulho como se o bico fosse de metal. Ela estava comendo uma pedra. E, quando a pomba engoliu a pedra, pensei: Lola também teria erguido a mão. Mas isso já não contava mais.

Olhei para os homens de Lola, que saíam das fábricas na hora do almoço, fim do primeiro turno. Eram camponeses, trazidos dos vilarejos. Nunca mais ovelhas, também eles disseram, nunca mais melões. Como doidos, vieram seguindo da fuligem da cidade e os canos largos que rastejavam pelos campos até a beira de todos os vilarejos.

Os homens sabiam que seu ferro, sua madeira, seu sabão em pó de nada valiam. Por isso, suas mãos permaneciam grosseiras, eles faziam coisas ordinárias e toscas em vez de indústria. Nas suas mãos, tudo o que devia ser grande e anguloso se tornava uma ovelha de metal. Nas suas mãos, tudo o que devia ser pequeno e grande se tornava um melão de madeira.

Depois do trabalho, o proletariado das ovelhas de metal e dos melões de madeira entrava no primeiro bar. Sempre em bandos, na área aberta de uma bodega. Enquanto os corpos pesados despencavam sobre as cadeiras, o garçom virava a toalha vermelha. Rolhas, cascas de pão e ossos caíam no chão ao lado das floreiras. As plantas estavam secas, a terra, revolta por cigarros apagados com pressa. Na cerca da bodega, havia gerânios de caules lisos pendurados. Nas pontas, cresciam três, quatro folhas novas.

O pasto fumegava sobre as mesas. Lá havia mãos e colheres, nunca garfos e facas. Puxar e cortar com a boca, todos comiam assim quando os miúdos dos animais abatidos eram servidos nos pratos.

A bodega também era uma mentira, as toalhas das mesas e as plantas, as garrafas e os uniformes cor de vinho dos garçons. Aqui ninguém era cliente, mas um fugitivo da tarde sem sentido.

Os homens cambaleavam e gritavam entre si antes de baterem com garrafas vazias nas cabeças uns dos outros. Sangravam. Quando um dente caía no chão, riam como se alguém tivesse perdido um botão. Um deles se curvava, pegava o dente e o jogava dentro do seu copo. O dente acabava no copo de outro porque isso dava sorte. Todos o queriam.

Em algum momento, o dente sumia, desaparecia feito as línguas e os rins de Lola na geladeira do refeitório. Em algum momento, um deles engolia o dente. Não sabiam quem. Arrancavam as últimas folhas novas dos talos dos gerânios e as mordiscavam, cheios de suspeita. Percorriam os copos na sequência e berravam com as folhas verdes na boca: Você precisa engolir ameixas e não dentes.

Eles apontavam para um, todos apontavam para o de camisa verde-clara. E ele negava. Enfiava o dedo na garganta. Vomitava e dizia: Agora vocês podem procurar, tem folhas de gerânio, a carne, pão e cerveja, mas nada de dente. Os garçons o empurravam porta afora, e os outros aplaudiam.

Daí, um de camisa xadrez dizia: Fui eu. Começou a chorar enquanto ria. Todos ficaram em silêncio, olhando para a mesa. Aqui, ninguém era cliente.

Só os camponeses, eu pensava, vão do riso ao choro, do grito ao silêncio. Sem saber o motivo, alegres e muito furiosos, perdendo as estribeiras. Na avidez por viver, cada instante era capaz de apagar a vida com uma bofetada. Na escuridão, todos eles teriam ido atrás de Lola no mato, com os mesmos olhos de cachorro.

Se ficassem sóbrios no dia seguinte, passeariam sozinhos pelo parque, a fim de organizarem os pensamentos. Seus lábios estavam rachados de branco pela bebedeira. Os cantos da boca, cortados. Colocavam os pés com cuidado sobre a grama e moíam novamente no cérebro cada palavra que tinham gritado durante a bebedeira. Estavam sentados feito criancinhas nas lacunas da memória do dia anterior. Temiam ter gritado algo político na bodega. Sabiam que os garçons davam parte de tudo.

Mas a bebedeira protege a cabeça do proibido e o pasto, a boca. Mesmo se a língua só consegue balbuciar, o costume do medo não desaparece da língua.

Estavam acostumados com o medo. A fábrica, a bodega, lojas e conjuntos habitacionais, os saguões das estações e viagens de trem entre os trigais, milharais e campos de girassóis tomavam conta deles. Os bondes, hospitais, cemitérios. As paredes e os tetos e o céu aberto. E, mesmo assim, como acontecia com frequência, se a bebedeira se tornava imprudente em lugares inverídicos, isso era antes um erro das paredes e dos tetos ou do céu aberto do que a intenção do cérebro de um homem.

E enquanto a mãe amarra a menina à cadeira com os cintos dos vestidos, enquanto o barbeiro corta o cabelo do avô, enquanto o pai diz à menina, ameixas verdes não são de comer, há uma avó, durante todos esses anos, no canto do quarto. Ela olha de maneira tão ausente para o movimento e a conversa na casa que é como se o vento já tivesse cessado lá fora, pela manhã, como se o dia tivesse adormecido no céu. Durante todos esses anos a avó cantarola uma canção em sua mente.

A menina tem duas avós. Uma chega junto à cama, de noite, com seu amor, e a menina olha para o teto branco porque ela logo vai rezar. A outra chega junto à cama, de noite, com seu amor, e a menina olha para seus olhos escuros porque ela logo vai cantar.

Quando a menina não consegue mais enxergar o teto e os olhos escuros, ela dorme. Uma das avós não termina de rezar. Ela para no meio da oração e vai. A outra avó canta a canção até o fim, seu rosto está inclinado porque ela gosta muito de cantar.

Quando a canção termina, ela acha que a menina está dormindo profundamente. Ela diz: Descanse a fera da sua alma, você brincou muito hoje.

A avó que canta vive nove anos a mais do que a avó que reza. E a avó que canta vive seis anos a mais do que sua razão. Ela não reconhece mais ninguém na casa. Ela só conhece suas canções.

Certa noite, ela sai do canto do quarto, chega junto à mesa e diz no facho da luz: Estou tão feliz que vocês todos estão comigo no céu. Ela não sabe mais que está viva e precisa cantar até morrer. Ela não pega nenhuma doença que possa ajudá-la a morrer.

Depois da morte de Lola, fiquei dois anos sem usar cintos nos vestidos. Os barulhos mais ruidosos da cidade eram baixos na minha cabeça. Quando um caminhão ou um bonde se aproximavam e ficavam cada vez maiores, aquele retumbar era agradável de se ouvir. O chão tremia debaixo dos pés. Eu queria ter alguma ligação com as rodas e saltava sobre a rua um pouco antes delas. Deixava ao acaso se alcançaria o outro lado. Eu deixava as rodas decidirem por mim. O pó me engolia durante um tempo, meus cabelos voavam entre felicidade e morte. Eu alcançava o outro lado, ria e tinha vencido. Mas eu me escutava rindo de fora, de longe.

Eu ia bastante à loja que expunha na vitrine bacias de alumínio com línguas, fígados e rins. A loja nunca ficava no meu caminho, chegava lá de bonde. Na loja, a terra nos rostos das pessoas ficava maior. Mulheres e homens seguravam bolsas com pepinos e cebolas nas mãos. Mas eu os via trazendo as amoreiras da terra, trazendo-as para o rosto. Escolhia alguém que não fosse mais velho do que eu e o seguia. Eu sempre passava pelos conjuntos habitacionais do bairro novo, por cardos altos até um vilarejo. Entre os cardos havia trechos com tomates vermelhíssimos e nabos brancos. Cada trecho era um pedaço de campo arrasado. Só via as berinjelas quando o sapato já estava ao seu lado. Elas brilhavam feito duas mãos cheias de amoras pretas.

O mundo não esperou por ninguém, pensei. Eu não precisava andar, comer, dormir e amar alguém com medo. Antes de eu existir, eu não precisava nem de cabeleireiro, nem de tesourinha de unha e nem perdia nenhum botão. Papai ainda estava ligado à guerra, vivia de canções e de tiros no capim. Ele não precisava amar. O capim deve ter ficado com ele. Pois quando, em casa, olhou para o céu do vilarejo, um camponês cresceu novamente sob sua camisa e recomeçou sua lida. O regressado fazia cemitérios e teve de me gerar.

Tornei-me sua filha e precisei crescer contra a morte. Falavam comigo cochichando. Batiam nas minhas mãos e olhavam para o meu rosto na velocidade de um raio. Mas ninguém nunca perguntou em qual casa, em qual lugar, a qual mesa, em qual cama e em qual país eu preferiria estar, comer, dormir ou amar alguém com medo.

Sempre só amarrar, porque desamarrar demorava muito até se tornar uma palavra. Eu queria conversar sobre Lola, e as moças no cubículo me diziam para ficar quieta. Elas tinham compreendido que sem Lola a cabeça ficava mais leve. No lugar da cama de Lola havia agora uma cadeira e uma mesa. E sobre a mesa um grande vidro de conservas com longos galhos do parque desgrenhado, rosas anãs brancas com delicadas folhas dentadas. Raízes brancas brotavam dos galhos. No cubículo, as moças podiam andar, comer, dormir. Quando cantavam, também não tinham medo das folhas de Lola.

Eu queria guardar o caderno de Lola na cabeça.

Edgar, Kurt e Georg procuravam por alguém que tivesse dividido o quarto com Lola. E como eu não podia guardar sozinha o caderno de Lola na cabeça, eu os encontrava todos os dias, desde que foram falar comigo na cantina. Eles duvidavam que a morte de Lola tivesse sido suicídio.

Contei-lhes das pulgas de folha, das ovelhas de pés vermelhos, das amoreiras e da terra no rosto de Lola. Sozinha, quando eu pensava em Lola, não me lembrava mais de muita coisa. Quando eles escutavam, eu voltava a lembrar. Eu tinha aprendido a ler mentalmente seus olhos petrificados. Na cabeça a milhão, eu encontrava todas as frases do caderno de Lola perdidas. E Edgar escrevia muitas delas em seu caderno. Eu dizia: Logo o seu caderno vai sumir também, porque Edgar, Kurt e Georg também moravam num alojamento para estudantes do outro lado do parque desgrenhado, num alojamento para rapazes. Mas Edgar dizia: Temos um lugar seguro na cidade, uma casa de veraneio com um jardim abandonado.

Nós vamos guardar o caderno, disse Kurt, num saco de lona e pendurá-lo do lado de baixo da tampa do poço. Eles riam e não paravam de dizer: Nós. Georg disse: Num gancho interno. O poço fica no quarto, a casa de veraneio e o jardim abandonado são de um homem que nunca chama a atenção. Lá estão também os livros, disse Kurt.

Os livros da casa de veraneio vinham de longe, mas eles sabiam de cada terra trazida nos rostos desta cidade, de cada ovelha de metal, de cada melão de madeira. De cada bebedeira, de cada risada na bodega.

Quem é o homem da casa de veraneio, eu perguntei e logo pensei: Não quero saber. Edgar, Kurt e Georg permaneceram mudos. Seus olhos entortaram e nos cantos brancos, onde as pequenas veias se juntavam, o silêncio brilhava inquieto. Rapidamente comecei a falar. Contei do auditório principal, do ritmo do sapato grande, que começou a subir a parede durante os aplausos. E da respiração que se esgueirava sobre a madeira dos bancos, quando os braços se ergueram na votação.

E, ao falar, senti algo como uma semente de cereja na língua. A verdade esperava pelas pessoas contadas e pelo dedo no meu próprio rosto. Mas a palavra mil nunca foi proferida pelos meus lábios. Também não falei nada do bico de metal da pomba que bicava pedras. Continuei falando do plinto e de cair na areia, de tocar e beber água, da chave da mala no elástico da calça. Edgar me escutava com a caneta na mão e não anotava nenhuma palavra em seu caderno. E eu pensava: Ele ainda está esperando pela verdade, ele pressente que, ao falar, estou em silêncio. E daí eu falei: É o primeiro de camisa branca. E Edgar anotou. E daí eu falei: Todos temos folhas. E Georg disse: Isso não dá para entender.

As frases de Lola podiam ser faladas pela boca. Não podiam ser anotadas. Não por mim. Eram como os sonhos, que cabem na boca, mas não no papel. Ao anotá-las, as frases de Lola se apagavam da minha mão.

Nos livros da casa de veraneio havia muito mais do que aquilo que eu estava acostumada a pensar. Eu os levava comigo até o cemitério e me sentava num banco. Chegavam pessoas idosas, elas caminhavam sozinhas até um túmulo, que logo seria delas também. Não traziam flores, os túmulos estavam cheios delas. Não choravam, olhavam para o vazio. Às vezes procuravam o lenço, curvavam-se e limpavam o pó dos sapatos e amarravam melhor os cadarços e guardavam os lenços novamente. Não choravam porque não queriam se preocupar com seus rostos. Porque seu rosto já estava na lápide, rosto com rosto ao lado do morto, numa foto redonda. Tinham-nas enviado de antemão e esperavam, sabe-se lá há quanto tempo, para que o encontro na lápide fosse reconhecido. Seus nomes e aniversários já estavam entalhados. Um espaço liso, do tamanho de uma mão, aguardava a data da morte. Não ficavam muito junto ao túmulo.

Quando caminhavam pelos caminhos estreitos entre as flores do cemitério, as lápides e eu acompanhávamos com o olhar. Quando saíam do cemitério, os muitos espaços lisos se penduravam nesse dia de verão, opressivo e indolente por causa das flores. Aqui o verão crescia de um jeito diferente em relação à cidade. O verão do cemitério não desejava o vento quente. Ele curvava o céu para o alto e ficava vigiando os casos de morte. Na cidade, se dizia: Primavera e outono são perigosos para os velhos. A primeira quentura e o primeiro frio acabam com os velhos. Mas aqui se via que era o verão que melhor conseguia montar as armadilhas. Cada um dos dias sabia como transformar velhos em flores.

As folhas retornam quando o corpo encolhe porque o amor passou, Lola escreve em seu caderno.

Respirei em silêncio, com as frases de Lola na cabeça, para que as frases dos livros não tropeçassem, pois estavam atrás das folhas de Lola.

Aprendi a vagar, as ruas deslizavam sob meus pés. Eu conhecia os pedintes, as vozes de súplica, sinais da cruz e xingamentos, o Deus nu e o diabo maltrapilho, as mãos deformadas e as pernas pela metade.

Em todos os cantos da cidade, eu conhecia os que tinham enlouquecido:

O homem com a gravata-borboleta preta no pescoço, que sempre segurava nas mãos o mesmíssimo buquê de flores ressecadas. Havia anos, ele ficava perto da fonte, olhando para a rua de cima, em cujo final se localizava o presídio. Quando eu lhe dirigia a palavra, ele dizia: Não posso falar agora, ela já está chegando, talvez ela não me conheça mais.

Ela já está chegando, ele dizia havia anos. E quando ele dizia isso, às vezes um policial descia a rua, às vezes, um soldado. E sua mulher, toda a cidade sabia, já estava fora do presídio há tempos. Ela estava num túmulo do cemitério.

Às sete da manhã, uma procissão de ônibus descia a rua com as cortinas cinza fechadas. E à noite, às sete, voltava a subir a rua. A rua não era uma subida, tampouco seu final ficava mais ao alto do que a praça da fonte. Mas enxergávamos dessa maneira. Ou dizíamos apenas que ela subia porque o presídio ficava lá, para onde iam os policiais e os soldados.

Quando os ônibus passavam pela fonte, víamos pelas frestas das cortinas os dedos dos presos. Durante o trajeto, não se escutava nenhum motor, nenhum solavanco ou tranco, nenhum freio, nenhuma roda. Só o latido dos cachorros. Era tão alto como se as rodas passassem por cima dos cachorros duas vezes por dia perto da fonte.

Os cachorros debaixo das rodas vinham se juntar aos cavalos de saltos altos.

Uma mãe vai uma vez por semana para a cidade de trem. A filha pode acompanhá-la duas vezes por ano. Uma vez no início do verão e outra no início do inverno. Na cidade, a filha se sente feia porque está envolta em muitas roupas grossas. Às quatro da manhã, a mãe segue com a filha para a estação. Faz frio, no início do verão também faz frio às quatro. A mãe quer estar às oito na cidade porque as lojas abrem.

De loja em loja, a filha vai tirando algumas roupas e as carrega na mão. Por isso a filha perde algumas peças na cidade. Também por isso a mãe não gosta de levar a filha à cidade. Mas há outro motivo aborrecedor: a filha vê os cavalos andando no asfalto. A filha fica parada e quer que a mãe também pare e espere até que outros cavalos apareçam. A mãe não tem tempo para parar e não pode continuar sozinha. Não quer perder a filha na cidade. Tem de puxar a filha. A filha não faz força para andar e diz: Escute, as patas não batem como em casa.

Em todas as lojas, na viagem de volta no trem e nos dias seguintes, a filha pergunta: Por que os cavalos da cidade usam salto alto.

Eu conheci a anã na praça Trajan. Ela tinha mais couro cabeludo do que cabelo, era surda-muda e tinha uma trança de palha, como as cadeiras gastas debaixo das amoreiras dos velhos. Ela comia os restos da quitanda. Todos os anos ela engravidava dos homens de Lola, que saíam por volta da meia-noite do turno da noite. A praça era escura. A anã não conseguia fugir a tempo porque não ouvia quando alguém se aproximava. E não conseguia gritar.

O filósofo circulava pela estação. Ele confundia os postes de telefone e os troncos das árvores com pessoas.

Ele contava sobre Kant ao ferro e à madeira, e ao cosmo, das ovelhas pastando. Nas bodegas, ele ia de mesa em mesa, bebia os restos e secava os copos com sua longa barba branca.

A velha com o chapéu de jornal e alfinetes ficava diante da praça do mercado. Havia anos ela puxava pelas ruas, no verão e no inverno, um trenó cheio de sacos. Num saco tinha jornais dobrados. A velha fazia um chapéu novo todos os dias. Noutro saco ficavam os chapéus usados.

Só os que eram loucos não tinham erguido a mão no auditório principal. Eles haviam confundido o medo com a loucura.

Mas eu podia continuar contando pessoas nas ruas, podia me incluir na conta como se fosse topar comigo por acaso. Eu podia dizer para mim: Ei, você alguém. Ou: Ei, você milhar. Eu só não podia enlouquecer. Eu ainda estava atinando.

Para matar a fome, eu comprava algo que dava para comer andando, com as mãos. Eu preferia cortar a carne com a boca, na rua, a cortá-la na cantina, à mesa. Eu não ia mais à cantina. Eu havia vendido meus tíquetes de refeição e comprado três pares de meias-calças finíssimas.

Eu só ia ao cubículo das moças para dormir, mas não dormia. Minha cabeça ficava transparente quando eu deitava no travesseiro, no quarto escuro. A janela estava clara por causa dos postes da rua. Via minha cabeça no vidro, as raízes do cabelo plantadas no couro cabeludo como pequenas cebolas. Se eu me virar, eu pensava, os cabelos vão cair. Eu tinha de me virar para não enxergar mais a janela.

Daí eu enxergava a porta. E mesmo que o homem com a mala de Lola e meu cinto no saco plástico transparente tivesse fechado a porta ao sair, a morte teria ficado aqui. De noite, a porta fechada, sob a luz dos postes da rua, era a cama de Lola.

Todos dormiam profundamente. Eu escutava, entre minha cabeça e o travesseiro, os ruídos dos objetos ressecados dos loucos: o buquê de flores secas daquele que esperava, a trança de palha da anã, o chapéu de jornal da velha do trenó, a barba branca do filósofo.

Na hora do almoço, um avô solta o garfo da mão assim que dá a última bocada. Ele se levanta da mesa e diz: Cem passos. Ele anda e conta seus passos. Anda da mesa até a porta, passa pela soleira da porta até o quintal, no cimento e na grama. Agora ele vai embora, a criança pensa, agora ele vai até a floresta.

Os cem passos são contados. O avô volta, sem contar, da grama até o cimento, até a soleira da porta, até a mesa. Ele se senta e monta suas peças de xadrez, por fim, põe as duas rainhas. Ele joga xadrez. Ele estica os braços sobre a mesa, toca o cabelo, mexe as pernas num ritmo ágil debaixo da mesa, empurra a língua de uma bochecha à outra, cruza os braços. O avô se torna amargo e solitário. O quarto desaparece, pois o avô joga com as peças brancas e as pretas contra si mesmo. Quanto mais o almoço se afasta da sua boca até sumir no intestino, mais enrugado se torna o seu rosto. Tão solitário o avô, que precisa silenciar todas as lembranças da Primeira Guerra com a rainha branca e a preta.

O avô voltou da Primeira Guerra como de seus cem passos. Na Itália, as cobras são tão grossas quanto meu braço, ele disse. Elas se enrolam feito rodas de carros. Elas ficam deitadas sobre as pedras entre os vilarejos e dormem. Eu me sentei numa roda dessas e o barbeiro da companhia esfregou as falhas na minha cabeça com o sumo de folhas.

As figuras de xadrez do avô eram tão grandes quanto seu polegar. Apenas as rainhas eram do tamanho de seu dedo médio. Elas traziam uma pedrinha preta debaixo do ombro esquerdo. Perguntei: Por que elas têm apenas um peito? O avô dizia: As pedrinhas são o coração. Deixei as rainhas por último, foram as últimas que entalhei. Não tive pressa. O barbeiro da companhia me disse: Não há nenhuma folha no mundo que sirva para os cabelos que ainda estão na sua cabeça. Eles estão perdidos e vão cair. Só consigo fazer alguma coisa nas falhas, apenas lá o sumo das folhas penetra no couro cabeludo para fazer nascer cabelos novos.

Quando as rainhas ficaram prontas, todos os meus cabelos tinham caído, disse o avô.

Enquanto assistíamos ao proletariado das ovelhas de metal e dos melões de madeira ir e vir de acordo com os turnos, Edgar, Kurt, Georg e eu conversávamos sobre nossa própria partida de casa. Edgar e eu vínhamos de vilarejos, e Kurt e Georg de cidades pequenas.

Contei dos sacos para trazer as amoreiras, dos quintais dos velhos e do caderno de Lola: vindo da terra para o rosto. Edgar assentiu e Georg disse: Aqui, continuamos a ser gente do vilarejo. Saíamos de casa com a cabeça, mas nossos pés ainda estão noutro vilarejo. Numa ditadura não é possível haver cidades, porque tudo que é vigiado é pequeno.

Podemos ir à qualquer cidade, disse Georg, e continuaremos a ser gente do vilarejo. Dá para se anular totalmente, disse Kurt, subimos no trem e ele passa apenas por vilarejos.

Quando parti, disse Edgar, o campo se desgrudou do chão, do vilarejo até a cidade. O milho ainda estava verde e balançava com o vento. Eu pensei: o jardim de casa está aumentando e perseguindo o trem. O trem andava devagar.

A minha impressão foi a de uma viagem longa e de uma distância grande, eu disse. Os girassóis não tinham mais nenhuma folha e suas hastes pretas formavam uma separação confiável. Suas sementes eram tão pretas que as pessoas do vagão ficaram cansadas de tanto olhar. O sono tomou conta de todos que estavam sentados no meu vagão. Uma mulher segurava um ganso cinza no colo. A mulher tinha adormecido e o ganso ainda ficou grasnando um tempo. Em seguida, colocou o pescoço debaixo das asas e dormiu também.

A floresta sempre tampava o vidro, disse Kurt, e eu pensei que havia um rio lá no alto quando, de repente, vi um risco do céu. A floresta tinha tomado a terra toda. Isso fazia sentido na cabeça do meu pai. Ele estava tão bêbado na despedida que achou que seu filho estava indo para a guerra. Ele riu e bateu nos ombros da minha mãe, dizendo: Agora o nosso Kurt está indo para a guerra. Minha mãe gritou quando ele disse isso. Durante o grito, ela começou a chorar. Como é possível ficar tão bêbado, ela gritou. Mas ela chorou porque acreditava no que ele dizia.

Meu pai foi empurrando a bicicleta entre nós, disse Georg. Eu carregava minha mala na mão. Quando o trem partiu da estação, vi meu pai ao lado da bicicleta voltando à cidade. Um traço longo e um curto.

Meu pai é supersticioso, minha mãe sempre costura casacos verdes para ele. Quem evita o verde é engolido pela floresta, diz ele. Seu disfarce não é de nenhum animal, disse Kurt, é da guerra.

Meu pai, disse Georg, levou a bicicleta à estação para não ter de caminhar tão perto de mim e, na volta, para não sentir as mãos vazias ao ir sozinho para casa.

As mães de Edgar, Kurt e Georg eram costureiras. Elas viviam rodeadas de telas, forros, tesouras, fios, agulhas, botões e ferros de passar. Quando Edgar, Kurt e Georg contavam das doenças de suas mães, eu ficava com a impressão de que as costureiras tinham algo amolecido em si por causa do vapor do ferro de passar. Elas eram doentes por dentro: a mãe de Edgar tinha problemas na vesícula, a mãe de Kurt no estômago e a mãe de Georg no baço.

Apenas minha mãe era camponesa e tinha algo endurecido em si por causa do campo. Ela era doente por fora, tinha problemas na coluna.

Quando falávamos sobre nossas mães, em vez de falarmos sobre nossos pais da SS que tinham voltado para casa, ficávamos espantados por elas nos escreverem, apesar de nunca terem se visto na vida, as mesmas cartas com suas doenças.

Elas nos enviavam pelos trens, nos quais não subíamos mais, a dor na vesícula, no estômago, no baço, na coluna. Essas doenças retiradas dos corpos das mães ficavam nas cartas como os miúdos roubados dos animais abatidos ficavam na gaveta da geladeira.

As doenças, pensavam as mães, são um laço para os filhos. Eles permanecem atados, à distância. Elas desejavam filhos que procurassem os trens para casa, que passassem pelos girassóis ou pela floresta e que mostrassem seu rosto.

Ver um rosto, pensavam as mães, em que o amor se ata numa das bochechas ou na testa. E ver aqui e acolá as primeiras rugas, que lhes dizem que nossa vida agora é pior do que na infância.

Mas elas se esqueciam de que não podiam mais acariciar esses rostos nem bater neles. Que não podiam mais tocá-los.

As doenças das mães pressentiam que soltar as amarras era uma bela expressão para nós.

Pertencíamos totalmente àqueles que traziam amoreiras e só nos incluíamos pela metade nas conversas. Buscávamos diferenças porque líamos livros. Enquanto encontrávamos diferenças finíssimas, colocávamos – assim como todos os outros – os sacos trazidos atrás de nossas portas.

Mas líamos nos livros que essas portas não eram esconderijos. O que podíamos apoiar, abrir ou fechar era apenas a cabeça. Por dentro, éramos nós mesmos com mães que nos enviavam suas doenças em cartas e pais que escondiam sua consciência pesada nas plantas mais idiotas.

Os livros da casa de veraneio tinham sido contrabandeados para o país. Tinham sido escritos na língua materna, arejada pelo vento. Não era a língua do Estado, como aqui no país. Mas também não era o tatibitate dos vilarejos. Nos livros aparecia a língua materna, mas o silêncio dos vilarejos, que proíbe o pensamento, não aparecia nos livros. Achávamos que lá de onde vinham os livros, todos pensavam. Cheirávamos as páginas e nos surpreendíamos no costume de cheirar nossas mãos. Ficávamos espantados, as mãos não ficavam sujas de preto como com a tinta dos jornais e dos livros do país.

Todos os que passavam pela cidade com sua terra no rosto cheiravam as mãos. Eles não conheciam os livros da casa de veraneio. Mas queriam ir até lá. Lá de onde vinham esses livros havia calças jeans e laranjas, brinquedos fofos para as crianças e televisores portáteis para os pais, e meias-calças finíssimas e rímel autêntico para as mães.

Todos viviam de pensamentos de fuga. Queriam nadar pelo Danúbio, até a água se tornar estrangeira. Correr pelo milho, até a terra se tornar estrangeira. Dava para ver em seus olhos: logo eles vão usar todo o dinheiro que têm para comprar dos agrimensores os mapas da região. Esperavam por dias nublados no campo e no rio para escapar das balas e dos cães dos vigias, para sair correndo e nadando. Dava para ver em suas mãos: logo eles vão construir balões, pássaros frágeis feitos de lençóis e de árvores jovens. Eles torcem para que o vento não pare e que consigam sair voando. Dava para ver em seus lábios: logo eles vão cochichar com um guarda da estação. Por todo o dinheiro que têm, vão entrar num vagão de cargas e partir.

Apenas o ditador e seus guardas não querem fugir. Dava para ver em seus olhos, suas mãos, seus lábios: eles vão continuar a construir cemitérios com cachorros e balas, hoje e amanhã também. Mas também com o cinto, com a noz, com a janela e com a corda.

Sentíamos o ditador e seus guardas postados acima de todos os segredos dos planos de fuga, sentíamos sua vigilância e como espalhavam medo.

À noite, a última luz no final de cada rua dava a volta mais uma vez em torno de si mesma. Essa luz era inconveniente. Ela alertava a vizinhança antes de a noite cair. As casas se tornavam menores que as pessoas que passavam por elas. As pontes, menores que os bondes que as atravessavam. E as árvores, menores do que os rostos que passavam, um a um, debaixo delas.

Em todos os lugares, havia uma saudade de casa e uma pressa impensável. Os poucos rostos na rua não tinham contornos. E quando vinham na minha direção, eu via um pedaço de nuvem grudado neles. E quase na minha frente, eles encolhiam no próximo passo. Só os paralelepípedos continuavam grandes. E em vez da nuvem, no passo seguinte, havia dois grandes globos oculares pendurados na cara. No outro passo seguinte, pouco depois de os rostos terem passado por mim, seus globos oculares se uniam.

Eu me aferrava aos finais das ruas, era mais claro por lá. As nuvens, nada além de montes de roupas amassadas. Eu gostaria de ter demorado mais, pois apenas no cubículo das moças havia uma cama para mim. Eu gostaria de ter esperado até as moças estarem dormindo no cubículo. Mas havia essa luz chapada durante a caminhada, e eu caminhava cada vez mais rápido. As ruas laterais não aguardavam pela noite. Elas arrumavam suas malas.

Edgar e Georg escreviam poemas e os escondiam na casa de veraneio. Kurt ficava nas esquinas e atrás das folhagens e fotografava as filas de ônibus com as cortinas cinzas fechadas. De manhã e à noite, levavam os prisioneiros da cadeia até os canteiros de obras, atrás dos campos. É tão terrível, dizia Kurt, dá a impressão de que vamos escutar os cachorros latindo até nas fotografias. Se os cachorros latissem nas fotografias, dizia Edgar, não poderíamos escondê-las na casa de veraneio.

E eu pensava que tudo aquilo que prejudica aqueles que constroem cemitérios tem alguma utilidade. Que, ao escrever poemas, tirar fotos e cantarolar vez ou outra uma canção, Edgar, Kurt e Georg incitavam o ódio naqueles que construíam cemitérios. Que esse ódio prejudicava os guardas. Que, aos poucos, todos os guardas e por fim também o ditador perderiam a cabeça por causa desse ódio.

Naquela época, eu ainda não sabia que os guardas necessitavam desse ódio diariamente para cumprir um trabalho sangrento com exatidão. Que precisavam dele para justificar seu salário. Só podiam justificá-lo com inimigos. Os guardas comprovavam sua seriedade pela quantidade de inimigos.

Edgar dizia que o próprio serviço secreto divulga os boatos sobre as doenças do ditador, para estimular as pessoas a fugir e depois, pegá-las. Para estimular as pessoas a sussurrar e depois, pegá-las. Pois para eles não basta pegá-las roubando carne ou palitos de fósforo, milho ou sabão em pó, velas ou parafusos, grampos de cabelo ou pregos das tábuas.

Quando caminhava sem rumo, eu não via apenas os loucos e seus objetos mirrados. Eu também via os guardas andando para cima e para baixo nas ruas. Homens jovens com dentes amarelados ficavam de guarda diante de grandes edifícios, nas praças, em frente a lojas, nos pontos de ônibus, no parque desgrenhado, na porta de alojamentos de estudantes, nas bodegas, junto da estação de trem. Suas roupas não lhes serviam, eram largas demais ou apertadas demais. Em cada zona vigiada, eles sabiam onde havia ameixeiras. Eles também faziam desvios para passar pelas ameixeiras. Os galhos pendiam, baixos. Os guardas enchiam os bolsos de ameixas verdes. Colhiam rápido, formavam bolotas nos casacos. Queriam colher só uma vez e comer por muito tempo. Quando seus bolsos estavam cheios, afastavam-se depressa dessas árvores. Pois comedor de ameixa era palavrão. Era assim que chamávamos os arrivistas, os abnegados, os sem consciência surgidos do nada, e as figuras que caminhavam sobre os cadáveres. O ditador também era chamado de comedor de ameixas.

Os homens jovens andavam para cima e para baixo e colocavam a mão no bolso do casaco. Eles catavam um punhado de ameixas ao mesmo tempo, para disfarçar o movimento. Eles só podiam fechar a mão quando a boca já estava cheia.

Como pegavam muitas ameixas ao mesmo tempo, umas caíam no chão na hora de comer, outras na manga do casaco. Os guardas chutavam as ameixas do chão com o bico do sapato, como se fossem bolinhas. As ameixas da manga eram retiradas da altura do cotovelo e logo levadas às bochechas já cheias.

Eu via a espuma em seus dentes e pensava: Ameixas verdes não são de comer, o caroço ainda é mole e a gente morde a morte.

Os comedores de ameixa eram camponeses. Eles eram doidos por ameixas verdes. Comendo, escapavam do serviço militar obrigatório. Subiam nas pernas-de-pau das crianças e ficavam debaixo das árvores do vilarejo. Não comiam por fome. Eram apenas ávidos pelo sabor ácido da pobreza, na qual um ano atrás ainda fechavam os olhos e encolhiam o pescoço diante da mão do pai.

Comiam até esvaziar os bolsos, passavam a mão sobre eles e os alisavam, carregavam as ameixas no estômago. Não ficavam com febre. Eram crianças crescidas. Longe de casa, o calor interior se exaure no serviço.

O primeiro era xingado porque o sol ardia, porque o vento soprava ou porque chovia. O segundo era revistado e depois liberado. O terceiro era espancado. Às vezes, o calor das ameixas ficava repousando em suas cabeças, sequestravam um quarto, decididos e sem raiva. Depois de quinze minutos, estavam de volta na área.

Quando passavam mulheres jovens, olhavam, pensativos, para as pernas delas. Deixar passar ou parar era uma decisão de último minuto. Era para deixar claro que em relação a essas pernas não eram necessários motivos, só o que desse na veneta.

As pessoas passavam por eles rápido e em silêncio. Reconheciam-se de antigamente. Isso tornava os passos dos homens e das mulheres muito silenciosos. Os relógios das torres das igrejas batiam, dividiam os dias de sol e de chuva em manhã e tarde. O céu trocava de luz, o asfalto de cor, o vento de direção, as folhas de farfalhar.

Edgar, Kurt e Georg também comeram ameixas verdes quando crianças. Não lhes restou nenhuma imagem de ameixa na cabeça porque nenhum pai perturbou-os ao comer. Eles riam de mim quando eu dizia: A gente morre e ninguém pode ajudar, o coração queima por dentro por causa da febre. Eles balançavam a cabeça quando eu dizia: Eu não devo ter mordido a morte porque meu pai não me viu comendo. Os guardas comem em público, eu disse. Eles não mordem a morte porque os passantes conhecem o estalido dos galhos na hora da colheita e o refluxo amargo da pobreza.

Edgar, Kurt e Georg moravam no mesmo alojamento, em quartos diferentes. Edgar no quarto andar, Kurt no segundo, Georg no terceiro. Em cada quarto havia cinco rapazes, cinco camas, cinco malas embaixo delas. Uma janela, um alto-falante sobre a porta, um armário embutido na parede. Em cada mala havia meias, debaixo das meias creme e lâmina de barbear.

Quando Edgar entrou no quarto, alguém jogou os sapatos dele pela janela e gritou: Pule e calce-os no ar. No segundo andar, alguém empurrou Kurt contra a porta do armário e gritou: Vá fazer sua merda em outro lugar. No terceiro andar, um livro voou contra o rosto de Georg e alguém gritou: Se você faz merda, precisa comê-la.

Os rapazes ameaçaram Edgar, Kurt e Georg com uma surra. Três homens tinham acabado de sair. Eles tinham revistado os quartos e disseram aos rapazes: Se vocês não gostaram dessa visita, avisem quem não estava aqui. Avisem, os homens disseram, e mostraram os punhos.

Quando Edgar, Kurt e Georg entraram no cubículo, o ódio encomendado explodiu. Edgar riu e jogou uma mala pela janela. Kurt disse: Cuidado, seu verme. Georg disse: Você está falando merda, seus dentes vão apodrecer na sua boca.

Em cada quarto, apenas um dos quatro rapazes estava furioso, disseram Edgar, Kurt e Georg. A raiva se esvaiu, assim como os outros três, deixando o furioso na mão, quando Edgar, Kurt e Georg chegaram. Eles ficaram em pé como se não existissem.

O furioso do quarto de Edgar bateu a porta pelo lado de fora. Ele desceu e voltou com sua mala e trouxe também os sapatos de Edgar.

Não havia muito o que revistar no cubículo. Edgar disse: Eles não encontraram nada. E Georg disse: Eles exterminaram as pulgas, os lençóis estão cheios de pontos pretos. Os rapazes dormem inquietos e circulam pelo quarto à noite.

Havia muito o que revistar na casa dos pais de Edgar, Kurt e Georg. A mãe de Georg enviou uma carta com a dor do baço, que aumentara com o medo. A mãe de Kurt enviou uma carta com a dor do estômago, que revirava. Nessas cartas, pela primeira vez os pais escreveram uma linha na margem: Nunca mais faça isso com sua mãe.

O pai de Edgar veio de trem à cidade, tomou o bonde. Do bonde, pegou um desvio e chegou ao alojamento dos estudantes, evitou o parque desgrenhado. Na entrada, pediu a um dos rapazes que chamasse Edgar no quarto.

Quando desci as escadas e enxerguei meu pai de cima, vi um garotinho diante do mural envidraçado lendo as notícias, disse Edgar. O que há para ler aí, eu perguntei, ele me entregou um saco com avelãs de casa, recém-colhidas. Ele tirou a carta de mamãe do bolso interno do casaco e disse: O parque está abandonado, não dá gosto de ir. Edgar assentiu com a cabeça e leu na carta que as dores da vesícula estavam insuportáveis.

Edgar atravessou o parque com o pai até a bodega atrás da parada do bonde.

Três homens de carro, disse o pai de Edgar. Um ficou fora, na rua. Ele se sentou na ponte do canal e esperou, era apenas o motorista. Dois entraram na casa. O mais jovem era careca, o velho já tinha cabelo grisalho. A mãe de Edgar quis subir as persianas, e o careca disse: Deixe fechado e acenda a luz. O velho desarrumou a cama, revistou travesseiros e cobertas, colchão. Ele pediu uma chave de fenda. O careca desparafusou o estrado da cama.

Edgar caminhava devagar pela trilha do parque e o pai mancava ao lado. Ao falar, ele olhava para o mato, como se quisesse contar as folhas. Edgar perguntou: O que você está procurando. O pai disse: Eles tiraram o carpete e esvaziaram os armários, não estou procurando nada, afinal não perdi nada.

Edgar apontou para o casaco do pai. Quando o pai tirou a carta do bolso interno, já faltava um botão. Edgar riu: Talvez você esteja procurando seu botão. O pai disse: Deve ter caído no trem.

Eles não conseguiram ler as cartas dos dois tios de Edgar da Áustria e do Brasil, disse o pai de Edgar, pois estavam escritas em alemão. Eles levaram as cartas. Também as fotos que estavam nas cartas. As fotos mostravam as casas dos dois tios, os parentes e suas casas. As casas eram iguais. Quantos quartos eles têm na Áustria, perguntou o velho. E o careca perguntou: Que árvores são essas. Ele apontou para a foto do Brasil. O pai de Edgar deu de ombros. Onde estão as cartas do seu filho, perguntou o velho, as da prima dele. Ela nunca escreveu, disse a mãe de Edgar. Ele perguntou: Você tem certeza. A mãe de Edgar respondeu: Não, talvez ela escreva e ele não receba as cartas.

O velho esvaziou as caixas com os botões e os zíperes sobre a mesa. O careca misturou tecidos, telas, forro. O pai de Edgar disse: Sua mãe já não sabe mais de qual cliente são as coisas. Quem arranjou essa revista de moldes, eles perguntaram. A mãe de Edgar apontou para as pastas de couro, onde estavam as cartas e as fotos: Meu irmão da Áustria. Vocês sabem o que são listras, disse o velho, logo vocês estarão usando roupas listradas.

O pai de Edgar sentou-se com tanto cuidado na cadeira da bodega que parecia que ela já estava ocupada. No quarto de Edgar, o careca rasgou a barra da cortina, derrubou os livros velhos do armário e sacudiu-os com as páginas para baixo. O pai de Edgar apertou as mãos abertas contra a mesa para que não tremessem. Ele disse: O que é que pode ter dentro dos livros, só saiu pó. Enquanto bebia, a aguardente pingou do copo.

Eles arrancaram as flores dos vasos e esfarinharam a terra com as mãos, disse o pai de Edgar. A terra caiu sobre a mesa da cozinha e as raízes finas ficaram penduradas entre seus dedos. O careca soletrou do livro de receitas: Fígado à brasileira, empanar o fígado na farinha. A mãe de Edgar tinha de traduzir. Vocês vão é tomar sopa, disse ele, com dois olhos de vaca boiando nela. O velho tinha saído para o quintal e ficou procurando por lá. No jardim também.

Edgar serviu aguardente de novo para o pai e disse: Beba sem pressa. O motorista se levantou e mijou na vala, disse o pai de Edgar. Ele colocou o copo vazio sobre a mesa, como assim sem pressa, ele disse, eu não estou apressado. O motorista mijou, disse o pai de Edgar, e os patos se aproximaram e ficaram assistindo. O motorista riu, abotoou as calças e arrancou um pedaço de madeira podre do canto da ponte. Ele despedaçou a madeira com a mão e jogou-a sobre a grama. Os patos pensaram que estavam ganhando o trigo de todas as tardes e comeram a madeira ralada.

Desde a inspeção, o homenzinho de madeira que o tio brasileiro de Edgar entalhou quando criança tinha sumido da caixinha do criado-mudo.

Os tios de Edgar eram soldados da SS que partiram para longe. A guerra perdida os empurrou para outras direções. Eles construíam cemitérios nas divisões militares Totenkopf e acabaram se afastando depois da guerra. Eles levavam na cachola a mesma bagagem. Eles nunca mais procuraram um ao outro. Eles pegaram uma mulher da região e construíram com ela, na Áustria e no Brasil, um telhado pontudo, um frontão pontudo, quatro janelas com esquadrias verde-grama, uma cerca de tábuas verde-grama. Eles chegaram à região estranha e construíram duas casas suábias. Tão suábias quanto suas cabeças, em dois lugares estranhos, onde tudo era diferente. E quando as casas ficaram prontas, eles fizeram dois filhos suábios em suas mulheres.

Apenas as árvores diante da casa, que podavam todos os anos como em casa, antes da guerra, cresciam fora do padrão suábio, segundo o outro céu, a outra terra e o outro clima.

Estávamos sentados no parque desgrenhado, comendo as avelãs de Edgar. Edgar disse: Estão com gosto de bile. Ele tinha tirado o sapato e batia na casca com o salto. Colocava as avelãs num jornal. Não comia nenhuma. Georg me deu uma chave e, pela primeira vez, me mandou à casa de veraneio.

Tirei a chave do sapato. Destranquei, não acendi nenhuma luz, risquei um fósforo. A bomba estava lá, grande e fina feito um homem com um braço só. Havia um casaco velho pendurado no cano, debaixo dele um regador enferrujado. Na parede, ancinhos, pás, enxadas, uma tesoura de podar, uma vassoura. Sujos de terra. Levantei a tampa do poço, o saco de linho balançava num buraco fundo. Tirei-o do gancho, coloquei os livros dentro e pendurei-o novamente.

Atravessei a grama até chegar ao caminho que eu tinha pisoteado ao ir. Malvas em meio a inúmeras dedaleiras se prendiam ao ar. Convólvulos soltavam um aroma suave na noite, ou era o meu medo. Todas as folhas de grama picavam as panturrilhas. Uma galinha, perdida, cacarejou no meio do caminho e saiu quando meus sapatos chegaram. A vegetação era três vezes mais alta que ela e a cobriu. Ela se queixava nesse mato florido, não encontrava a saída e clamava pela vida. Os grilos cantavam, mas a galinha cacarejava mais alto. No seu medo, ela vai me trair, eu pensei. Todas as plantas me observavam. Minha pele palpitava da testa até a barriga.

Não havia ninguém na casa de veraneio, eu disse no dia seguinte. Estávamos sentados no jardim da bodega. A cerveja era verde porque as garrafas eram verdes. Edgar, Kurt e Georg limparam o pó da mesa com os braços nus. Dava para ver no tampo da mesa onde tinham passado os braços. Atrás de suas cabeças, pendiam as folhas verdes da castanheira. As amarelas ainda se escondiam. Brindamos e ficamos em silêncio.

Sobre uma testa, numa das têmporas, ao lado de uma bochecha, que eram de Edgar, Kurt e Georg, os cabelos se tornavam transparentes porque o sol batia neles. Ou por causa do barulho que a cerveja fazia quando às vezes um e às vezes o outro colocava uma garrafa sobre a mesa. Às vezes, uma folha amarela caía da árvore. Ora um, ora outro levantava os olhos, como se quisesse rever a folha caindo. Não esperava por outra, que cairia logo. Nossos olhos não tinham paciência. Não nos deixávamos persuadir por folhas. Somente por manchas voadoras, amarelas, que distraíam nossos rostos uns dos outros.

O tampo da mesa estava quente feito um ferro de passar. A pele esticava no rosto. O meio do dia caía por completo, a bodega estava vazia. Os trabalhadores ainda produziam ovelhas de metal e melões de madeira nas fábricas. Pedimos mais uma cerveja para que nossos braços ficassem rodeados por garrafas.

E Georg baixou a cabeça e ficou com um segundo queixo debaixo do queixo. Ele cantou para dentro da própria boca:

Canário amarelo
amarelo-gema
de penas macias
e olhos ausentes.

A canção era muito conhecida no país. Mas dois meses atrás o cantor tinha escapado pela fronteira e a canção não podia mais ser cantada. Georg deixou a canção descer pela garganta com a cerveja.

O garçom apoiou-se no tronco da árvore, escutou e bocejou. Não éramos clientes, olhamos a jaqueta engordurada do garçom e Edgar disse: Quando se trata de filhos, os pais sabem de tudo. Meu pai sabe que os sujeitos levaram o homenzinho de madeira. Meu pai diz: Eles também têm filhos que gostam de brincar.

Não queremos deixar o país. Não pelo Danúbio, não pelo ar, não tomando os trens de carga. Fomos ao parque desgrenhado. Edgar disse: Se o certo tivesse de partir, todos os outros poderiam ficar no país. Ele próprio não acreditava.

Ninguém acreditava que o certo tinha de partir. Todos os dias escutávamos boatos sobre as antigas e as novas doenças do ditador. Ninguém acreditava nelas também. Mesmo assim, todos sussurravam noutro ouvido. Nós também espalhávamos os boatos, como se contivessem o vírus furtivo da morte que, por fim, acabou o atacando: sussurrávamos câncer de pulmão, câncer de faringe, câncer de intestino, tumor no cérebro, paralisia, leucemia.

Ele precisou viajar de novo, as pessoas sussurravam: França ou China, Bélgica, Inglaterra ou Coreia, Líbia ou Síria, Alemanha ou Cuba. Cada uma de suas viagens era sussurrada com o desejo de fugir também.

Toda fuga era uma oferenda à morte. Por isso, os sussurros tinham a força do vácuo. Toda segunda fuga fracassava pelos cachorros e pelas balas dos guardas.

A água corrente, os vagões de carga circulando, os campos vazios eram espaços da morte. Durante a colheita no milharal, os camponeses encontravam cadáveres encarquilhados ou estourados, ocos pelas bicadas das gralhas. Os camponeses catavam o milho e deixavam os cadáveres lá porque era melhor não os ver. No final do outono, os tratores ajeitavam a terra.

O medo da fuga transformava cada viagem do ditador numa visita de urgência ao médico: ar do Oriente contra câncer do pulmão, raízes silvestres contra câncer da laringe, pilhas contra câncer do intestino, acupuntura contra tumor cerebral, banhos contra paralisias. Dizia-se que havia apenas uma doença que não lhe ensejava viagens: o sangue infantil contra a leucemia era arranjado no próprio país. Nas maternidades, é bombeado da testa do recém-nascido com agulhas japonesas de punção.

Os boatos sobre as doenças do ditador assemelhavam-se às cartas que Edgar, Kurt, Georg e eu recebíamos das nossas mães. Os sussurros aconselhavam a ir devagar com a fuga. Todos se animavam com o fracasso alheio, sem que esse fracasso tivesse mesmo acontecido. O cadáver do ditador passava pela cabeça de todos como a própria vida desperdiçada. Todos queriam sobreviver a ele.

Fui ao refeitório e abri a geladeira. A luz se acendeu como se eu a tivesse lançado para dentro.

Desde a morte de Lola, não havia línguas e rins na geladeira. Mas eu os via e sentia seu cheiro. Eu imaginava um homem transparente diante da geladeira. Ele estava enfermo e tinha roubado as vísceras de animais saudáveis, a fim de viver mais.

Enxerguei a fera de sua alma. Estava presa na lâmpada, pendurada. Estava encolhida e cansada. Fechei a geladeira porque a fera d'alma não era roubada. Podia apenas ser a sua própria, ela era mais feia do que as vísceras de todos os animais deste mundo.

As moças andavam pelo cubículo, riam e comiam uvas e pão, sem luz, embora já estivesse escurecendo. Alguém acendeu a luz para ir se deitar. Todas se deitaram. Apaguei a luz. A respiração das moças rapidamente caiu no sono. Tive a impressão de vê-la. Como se essa respiração fosse preta, silenciosa e quente – e não a noite.

Eu estava deitada, coberta, e olhava os lençóis brancos sobre as camas. Como devemos viver, pensei, para se adequar àquilo que pensamos no momento. Como fazem os objetos que estão no meio da rua, ninguém os vê ao passar, embora alguém os tenha perdido.

Então, o pai morreu. Por causa da bebedeira, o fígado está tão grande quanto o de um ganso obrigado a comer, disse o médico. Ao lado de seu rosto, no armário de vidro, havia pinças e tesouras. Eu falei: O fígado está tão grande quanto as canções para o Führer. O médico colocou o indicador sobre os lábios. Ele pensou nas canções para o ditador, mas eu estava me referindo ao Führer. Com o dedo na boca, ele disse: Um caso perdido. Ele estava se referindo ao pai, mas eu pensei no ditador.

O pai recebeu alta do hospital para morrer. Ele sorria com o rosto mais fino que nunca. Ele era tão idiota que estava feliz. O médico não é bom, ele disse, o quarto é ruim, a cama é dura, o travesseiro é de retalhos em vez de penas. Por isso vou de mal a pior, disse papai. Seu relógio dançava no pulso. Suas gengivas tinham se retraído. Ele colocou a dentadura no bolso da jaqueta porque ela não cabia mais na boca.

O pai estava magro feito um pé de feijão. Somente seu fígado, seus olhos e seu nariz tinham crescido. E o nariz de papai era um bico, como o de um ganso.

Vamos para outro hospital, disse o pai. Eu carregava sua malinha. Lá os médicos são bons, disse o pai.

Na esquina, o vento bagunçou nosso cabelo e nós nos olhamos. O pai aproveitou a oportunidade e disse: Ainda preciso ir ao barbeiro.

Ele era tão idiota que o barbeiro era importante para ele, três dias antes de sua morte. Nós dois éramos tão idiotas que ele olhou para seu relógio dançante e eu assenti. Que ele conseguiu ficar sentado quieto e eu consegui ficar sentada quieta, alguns minutos depois, no barbeiro. Estávamos tão afastados um do outro, três dias antes de sua morte, que ambos pudemos assistir ao barbeiro de avental branco encostando a tesoura no cabelo.

Carreguei a malinha de papai até a cidade. Lá dentro havia um relógio de pulso, uma dentadura e pantufas quadriculadas em branco e marrom. O agente da funerária vestiu os sapatos de sair no pai morto. Tudo o que é do pai precisa estar no caixão, pensei.

As pantufas quadriculadas em branco e marrom têm um soquete marrom na altura do tornozelo. No lugar onde as metades do soquete se encontram há dois pompons de lã, coloridos de branco e marrom. O pai usa as pantufas desde que a filha nasceu. Quando entram nelas, seus tornozelos ficam mais finos do que se estivessem descalços. Antes de o pai se deitar, a filha pode acariciar os pompons com a mão. Pisar em cima a filha não pode, mesmo se estiver descalça.

O pai está sentado na beirada da cama, a filha no chão. A filha escuta o pêndulo do relógio de parede e acaricia os pompons no seu ritmo. A mãe já adormeceu. A filha diz enquanto faz carinho: tique-taque, tique-taque. O pai pisa com a pantufa direita na esquerda. No meio está a mão da filha. Dói. A filha prende a respiração e permanece quieta.

Quando o pai levanta a pantufa da mão, ela está amassada. O pai diz: Me deixe em paz, senão... Daí ele pega a mão amassada entre as suas mãos e diz: Senão nada.

Dizem que só neva quando uma pessoa boa morre. Não é verdade.

Começou a nevar quando fui com a malinha à cidade, depois da morte do pai. Os flocos serpenteavam no ar feito retalhos. A neve não se acumulava nas pedras, nos ornamentos de ferro das cercas, nas maçanetas dos portões de jardins ou tampas de caixas de correio. Ela se mantinha branca somente no cabelo de homens e mulheres.

Em vez de se preocupar com a morte, pensei, o pai começou a falar com o barbeiro. Ele começou a falar qualquer coisa com o primeiro barbeiro da primeira esquina, assim como começou a falar qualquer coisa com a morte. Ele não disse nada sobre a morte ao barbeiro. Embora o pai percebesse a morte, ele contava com a vida.

Eu era tão idiota que tive de dizer a mim mesma o que era certo, pois caíam retalhos de neve que se mantinham brancos somente no cabelo de homens e mulheres. Um dia antes do enterro do pai, precisei ir ao meu cabeleireiro com a malinha e lhe contar algo sobre a morte.

Fiquei o máximo possível no cabeleireiro e lhe contei tudo o que sabia sobre a morte do pai.

Durante o relato da morte, a vida do pai começava numa época a respeito da qual a maior parte das coisas que eu sabia vinha dos livros de Edgar, Kurt e Georg e a menor delas, de papai: um soldado da SS que voltou para casa, que construía cemitérios e que saía rápido dos lugares, eu disse ao cabeleireiro. Alguém que teve de gerar uma filha e cuidar sempre de suas pantufas. Enquanto falava de suas plantas mais idiotas, de suas ameixas mais escuras, de suas canções bêbadas para o Führer e de seu fígado grande demais, eu fazia uma permanente no cabelo para o seu enterro.

Antes de eu ir embora, o cabeleireiro disse: O meu pai esteve em Stalingrado.

Subi no trem e fui ao enterro do pai e às dores nas costas da mãe. O campo estava manchado de branco e marrom.

Fiquei ao lado do caixão. A avó que cantava veio ao quarto com um edredom. Ela deu a volta no caixão e colocou o edredom sobre o véu. O nariz dela se parecia com um bico. Ele está se aproveitando dela, pensei, fazendo com que ela cuide dele. Os lábios dela eram um apito rouco, solitário, que cantarolava para si mesma sem consciência. A avó que canta havia anos não conhecia mais ninguém na casa. Agora ela reconhecia o pai novamente porque ela está maluca e ele está morto. Agora, a fera da alma dele morava nela.

Desde as inspeções, Edgar, Kurt e Georg carregavam uma escova de dentes e uma toalhinha no bolso do casaco. Eles contavam que seriam presos.

Para checar se alguém mexia em suas malas no cubículo, pela manhã eles colocavam dois fios de cabelo sobre a tampa da mala. À noite, os cabelos tinham desaparecido.

Kurt disse: Todas as noites, quando me deito, sinto mãos frias debaixo das minhas costas. Deito-me de lado e puxo as pernas na direção da barriga. Acho dormir um terror. Adormeço com a rapidez de uma pedra afundando n'água.

Sonhei, disse Edgar, que queria ir ao cinema. Eu tinha me barbeado porque havia uma norma pendurada no mural envidraçado da entrada dizendo que só era permitido sair do alojamento com a barba recém-feita. Fui pegar o bonde. Dentro do bonde, sobre cada assento havia um bilhete com os dias da semana. Li: Segunda, terça, quarta, todos os dias até domingo. Disse ao condutor: Hoje não é nenhum desses dias. O motorista respondeu: Por isso todos têm de ficar em pé. As pessoas estavam apertadas, em pé, junto à porta traseira. Todas tinham uma criança nos braços. As crianças cantavam em coro. Elas cantavam em uníssono, embora elas não se vissem umas às outras entre os adultos.

Os cubículos de Edgar, Kurt e Georg e as casas de seus pais foram revistados mais três vezes. Depois de cada revista, as mães enviavam cartas relatando suas doenças. O pai de Edgar não veio à cidade, a carta da mãe chegou pelo correio. O pai de Edgar escreveu na margem: Você vai matar sua mãe de desgosto.

Meu quarto também foi revistado. Quando cheguei ao cubículo, as moças estavam arrumando-o. Minha roupa de cama, a colcha e meu rímel estavam jogados no chão. Minha mala estava aberta debaixo da janela, as meias básicas sobre a tampa. Sobre as meias, uma carta da minha mãe.

Alguém gritou: Você levou Lola para a morte. Abri rápido a carta e fechei a tampa da mala com o pé, dizendo: Vocês estão me confundindo com o professor de ginástica. Alguém falou baixinho: De maneira nenhuma. Lola se enforcou com o seu cinto. Peguei meu rímel e joguei-o longe. Ele bateu no vidro de conservas com os galhos de pinheiro que ficava sobre a mesa. As pontas dos galhos encostavam na parede.

Li a carta. Por trás das dores nas costas de mamãe estava escrito:

Vieram três homens, de carro. Dois deles fizeram uma grande confusão na casa. O terceiro era apenas motorista. Ele conversou com a avó para que ela deixasse os dois outros em paz. O motorista fala alemão, não só o alemão da escola, mas também o suábio. Ele é de um vilarejo vizinho, não quis dizer de qual. A avó confundiu-o com papai, ela queria penteá-lo. Ele tirou o pente dela, daí ela cantou. Ele se espantou com a beleza do canto dela. Ele acompanhou-a numa canção:

Crianças voltem rápido para casa
Mamãe já está apagando a brasa.

Ele diz que a melodia que conhece é um pouco diferente. Ele cantou a canção parecido com a avó, só que errado.

Desde que os homens foram embora, o avô está inquieto. A rainha branca sumiu. Ele já procurou em todos os lugares e não encontrou nada. Ele sente muita falta dela. Ele não consegue jogar xadrez se não a encontrar. Ele cuida tanto das peças. Elas sobreviveram à guerra e à prisão. Agora, justo a rainha está perdida na própria casa.

O avô diz que é para eu escrever a você que outras pessoas aplaudem e ganham dinheiro. Não faça mais isso com seu avô.

Nevava. O que caía no rosto como neve, no asfalto já era água. Nossos pés estavam frios. A noite ergueu o brilho da rua para o alto das árvores. As luminárias se misturavam umas nas outras entre os galhos nus.

O homem com a gravata borboleta preta no pescoço estava mais uma vez ensimesmado diante da fonte. Ele olhava a rua do presídio, mais acima. A neve se depositava sobre seu buquê de flores mirradas e em seu cabelo. Era tarde, os ônibus dos presos já tinham retornado havia tempos ao presídio.

O vento jogava a neve nos nossos rostos, mesmo quando Edgar, Kurt, Georg e eu andávamos na direção contrária. Queríamos achar calor. Mas a bodega estava cheia de barulhos. Fomos ao cinema, era a última sessão do dia. O filme já tinha começado.

Um galpão de fábrica zunia na tela. Depois de nos acostumarmos com a escuridão, Edgar contou as sombras nas cadeiras. Além de nós, havia nove pessoas na sala. Nos sentamos na última fila. Kurt disse: Aqui podemos conversar.

Na tela, a fábrica era escura, nós não nos enxergávamos. Edgar riu e disse: Mas sabemos qual é nossa aparência no claro. Georg disse: Algumas pessoas não sabem. Ele pegou sua escova de dentes do bolso do casaco e colocou-a na boca. Na tela, o proletariado caminhava com barras de ferro pelo galpão. Um forno estava sendo alimentado. O ferro fundido jogou luz na sala. Olhamos os rostos uns dos outros e rimos. Kurt disse: Tire a escova da boca. Georg meteu-a no bolso. Seu bundão suábio, ele disse.

Kurt disse: Sonhei que tinha ido ao barbeiro. Lá só havia mulheres, tricotando. Perguntei: O que elas estão fazendo aqui. O barbeiro disse: Elas estão esperando por seus maridos. Ele me estendeu a mão e disse: Não fui apresentado. Pensei que ele estava se referindo às mulheres, mas ele olhou para mim. Eu disse: O senhor me conhece. As mulheres davam risadinhas. Sou o estudante, falei. Não que eu soubesse, disse o barbeiro, estava tentando me lembrar. Conheço alguém como você, mas você eu não conheço.

Os espectadores assobiavam e gritavam na sala: Lupu, pegue ela, Lupule, pegue ela de jeito. Um trabalhador e uma trabalhadora se beijavam tarde da noite, ao vento, do lado do portão da fábrica. No instante seguinte, era manhã de novo diante do portão da fábrica e a trabalhadora beijada tinha um filho.

Quando quis me sentar na cadeira diante do espelho, disse Kurt, o barbeiro sacudiu a cabeça: Não dá. Perguntei: Como assim. Ele bateu com os dedos no espelho. Me olhei, havia pelos pubianos no meu rosto.

Georg puxou meu braço e colocou a chave da casa de veraneio na minha mão. Onde é para eu guardar, perguntei.

Na tela, as crianças saíam pelo portão da escola e iam para a rua. O filho da trabalhadora beijada era aguardado diante da escola pelo pai Lupu. Ele beijou o filho na testa e pegou sua mochila.

Georg disse: Minhas notas eram baixas na escola. Meu pai disse: Está na hora de costurar algo para o diretor, de preferência uma calça. No dia seguinte, mamãe comprou tecido cinza, elástico para o cós, forro para bolso e botões, também para a braguilha, pois só havia zíperes vermelhos na loja. Papai foi à escola e pediu para o diretor vir em nossa casa tirar as medidas. Ele estava esperando havia muito tempo por essa oferta, apareceu rápido.

O diretor se postou ao lado da máquina de costura. Minha mãe começou a medir pelos sapatos. Deixe as pernas bem relaxadas, senhor diretor, ela disse. Ela perguntou: Qual o comprimento, um pouco mais comprido. Qual a largura, um pouco mais estreito. O senhor quer aplicações, senhor diretor. Suas perguntas guiavam-se, de baixo para cima, pela calça que ele usava: e os bolsos, senhor diretor. Na hora da braguilha, ela inspirou profundamente e perguntou: De que lado o senhor usa a chave do porão, senhor diretor. Ele disse: Sempre no direito. E para os documentos, ela perguntou, o senhor quer botões ou zíper. O que a senhora acha, perguntou o diretor. Zíper é prático, mas botões dão mais personalidade, disse meu pai. O diretor disse: Botões.

Depois do cinema, fui à minha costureira. Seus filhos já estavam dormindo. Ficamos na cozinha. Era a primeira vez que eu chegava tão tarde. Ela não se espantou. Comemos maçãs fritas. Ela fumava, as bochechas se retraíam e seu rosto parecia o rosto das rainhas do xadrez de vovô. O malandro está agora no Canadá, ela disse, encontrei hoje com a irmã dele. O marido da costureira tinha fugido pelo Danúbio, sem lhe dizer palavra. Contei à costureira das rainhas preta e branca e do barbeiro do batalhão do avô, também da avó que rezava e da que cantava. Também das plantas mais idiotas do pai e das dores nas costas da mãe.

Suas duas avós me parecem as duas rainhas de xadrez do seu avô, ela disse. A que reza se parece com a preta e a que canta, com a branca. Rezar sempre é escuro.

Não a contradisse, mas para mim era o inverso.

A avó que canta é a preta. Ela sabe que cada um tem uma fera d'alma. Ela tira o marido de outra mulher. Esse marido ama a outra mulher, não ama a avó que canta. Mas ela fica com ele porque o quer. Não o quer, mas sim seu campo. E ela o mantém. Ele não a ama, mas ela consegue dominá-lo ao dizer: A fera de sua alma é um rato.

Mas tudo foi em vão, porque o campo foi desapropriado pelo Estado depois da guerra.

Por causa dessa decepção, a avó começou a cantar.

A costureira não percebeu o quão pouco sabia sobre mim. Para ela, parecia ser suficiente eu ser estudante e não usar cintos.

Coloquei a chave da casa de veraneio sobre o peitoril da janela e a esqueci lá. Achei que ninguém jogaria uma chave fora.

Edgar, Kurt e Georg não confiavam na costureira. Eu disse: Vocês estão desconfiados porque suas mães são costureiras. Precisei prometer que não envolveria a costureira em nada que fosse relacionado a nós. Edgar, Kurt e Georg não aceitariam que a chave ficasse lá no peitoril. Como tantas vezes em que estavam desconfiados, eles recitariam o poema:

Todos tinham um amigo em cada pedacinho de nuvem
num mundo cheio de perigos, com os amigos é assim
minha mãe também diz que isso é muito normal
amigos nem pensar
pense em coisas mais sérias

Voltei ao alojamento à pé, tarde da noite. Topei com três guardas no caminho, eles não queriam nada comigo. Estavam ocupados consigo mesmos, comiam ameixas verdes como durante o dia.

A cidade estava tão silenciosa que eu os ouvia mastigar. Eu caminhava em silêncio para não atrapalhar seu lanche. Eu queria mesmo era andar na ponta dos pés, mas isso teria chamado a atenção deles. Eu estava caminhando com a leveza de uma sombra, não era possível nem me tocar. Não caminhava muito devagar nem muito rápido. As ameixas verdes nas mãos dos guardas eram pretas como o céu.

Duas semanas depois, fui à costureira no início da tarde. Ela logo disse: Você esqueceu sua chave, percebi no dia seguinte. Fiquei pensando o dia todo que era noite e que você não conseguiu entrar no alojamento.

A fita métrica estava pendurada no pescoço da costureira. A chave não é do alojamento, é de casa, eu disse. E pensei: Ela usa a fita métrica como um cinto no pescoço.

O chá começou a ferver na chaleira. Ela disse: Vejo meus filhos crescerem e gostaria que eles usassem a chave de casa com mais frequência do que você. Ela derramou açúcar do lado da minha xícara. Você entende, ela perguntou. Eu assenti.

Como tínhamos medo, Edgar, Kurt, Georg e eu ficávamos juntos todos os dias. Comíamos juntos à mesa, mas o medo permanecia individualmente na cabeça de cada um, do jeito que o trazíamos quando nos encontrávamos. Ríamos muito para escondê-lo uns dos outros. Mas o medo escapa. Quando conhecemos o seu rosto, ele entra na voz.

Quando conseguimos imobilizar o rosto e a voz feito algo que morreu, ele escapa até pelos dedos. Atravessa para fora da pele. Fica solto por aí, enxergamos o medo nos objetos que estão por perto.

Enxergávamos em que posição estava o medo de cada um, pois já nos conhecíamos havia algum tempo. Frequentemente não conseguíamos nos suportar, porque dependíamos uns dos outros. Acabávamos nos ofendendo.

Você com sua cabeça de vento suábia. Você com sua pressa suábia ou com sua mania suábia de ficar esperando. Com seu jeito suábio de ficar contando dinheiro. Com seu jeito parrudo suábio. Com seu soluço ou espirro suábios, com suas meias ou camisas suábias, dizíamos.

Seu mosca-do-cocô-do-cavalo-do-bandido suábio, seu cabeça-de-prego suábio, seu saco de trapos suábio. Necessitávamos da raiva das expressões longas, que nos separavam. Transformávamos as palavras em xingamentos para nos distanciar uns dos outros. O riso era duro, escavávamos a dor. Era rápido porque nos conhecíamos por dentro. Sabíamos exatamente o que machucava. O sofrimento do outro nos excitava. Ele tinha de desmontar sob o amor cru e sentir o quão pouco conseguia resistir. Cada humilhação puxava a seguinte, até que o insultado silenciasse. E depois por mais um tempo. Por mais um tempo, as palavras batiam em seu rosto mudo feito gafanhotos numa plantação sem folhas, devastada.

No medo, perscrutávamos o outro tão profundamente, de um jeito que não era permitido. Nessa longa confiança, precisávamos de uma inversão que viesse inesperadamente. O ódio podia pisotear e matar. Ceifar o amor na intimidade porque ele crescia como a grama alta. As desculpas reparavam as humilhações tão rápido quanto prender a respiração na boca.

Procurar briga era sempre intencional, apenas o seu efeito permanecia imprevisto. Todas as vezes, no final da raiva, sem encontrar palavras, o amor era expressado. Ele sempre existia. Mas, na briga, o amor mostrava suas garras.

Certa vez, quando Edgar me deu a chave da casa de veraneio, ele disse: Você e seus sorrisos suábios. Senti as garras e não sei como naquela época a boca não caiu do rosto. Na repetição de todos os dias, eu me sentia tão largada à própria sorte que não me lembrava de nenhuma palavra para contradizer. Talvez minha boca tivesse se tornado uma vagem madura. Eu imaginava os lábios tão secos e finos que não os queria. Um sorriso suábio era como o pai, que eu não podia escolher. Como a mãe, que eu não queria ter.

Também nessa época estávamos no cinema, na última fila. Também nessa época a tela mostrava um saguão de fábrica. Uma operária esticava um fio de lã numa máquina de tricotar. Outra vinha com uma maçã vermelha em sua direção e ficava observando. A operária alisava o fio na máquina e dizia: Acho que me apaixonei. Ela tirava a maçã da mão da outra e dava uma mordida nela.

Durante esse filme, Kurt colocou a mão no meu braço. Naquela época ele também contou um sonho. Nesse sonho, os homens estavam no barbeiro. Havia uma lousa pendurada no alto da parede, eram palavras-cruzadas.

Todos os homens apontavam com cabides para os quadradinhos ainda vazios e cantavam letras. O barbeiro subiu na escada e anotou as letras. Kurt sentou-se diante do espelho. Os homens disseram: Nada de corte antes de resolver isto. Tínhamos chegado mais cedo. Quando Kurt se levantou e foi embora, o barbeiro lhe disse: Amanhã traga sua lâmina de casa.

Como assim, eu sonhei com essa lâmina, Kurt perguntou no meu ouvido, embora ele soubesse o porquê. Edgar, Georg e Kurt não tinham mais lâminas de barbear. Elas tinham sumido de suas malas fechadas.

Passei tempo demais com Edgar, Kurt e Georg junto ao rio. Vamos andar à toa mais uma vez, eles falaram, como se tivesse sido um passeio descontraído no rio. Ainda sabíamos caminhar devagar ou rápido, andar furtivamente ou com pressa. Tínhamos desaprendido a andar à toa.

A mãe quer colher as últimas ameixas do jardim. Mas um dos degraus da escada está solto. O avô sai para comprar pregos. A mãe espera debaixo da árvore. Ela está usando o avental com os bolsos grandes. Escurece.

Quando o avô coloca sobre a mesa as peças de xadrez que estavam no bolso de sua calça, a avó que cantava diz: As ameixas esperam, vá ao barbeiro jogar xadrez. O avô diz: O barbeiro não estava em casa, por isso fui ao campo. Amanhã cedo vou comprar os pregos, hoje fiquei vadiando.

Kurt virava os sapatos para dentro ao caminhar; ele jogou uma madeira na água e disse:

> *Todos tinham um amigo em cada pedacinho de nuvem*
> *num mundo cheio de perigos, com os amigos é assim*
> *minha mãe também diz que isso é muito normal*
> *amigos nem pensar*
> *pense em coisas mais sérias.*

Edgar, Kurt e Georg viviam repetindo esse poema. Na bodega, no parque desgrenhado, no bonde ou no cinema. Também no caminho até o barbeiro.

Edgar, Kurt e Georg iam com frequência juntos ao barbeiro. Quando entravam pela porta, o barbeiro dizia: Sempre seguindo a ordem, dois vermelhos e um preto. Kurt e Georg sempre cortavam antes de Edgar.

O poema estava num dos livros da casa de veraneio. Eu também o sabia de cor. Mas só em pensamento, para me agarrar a ele quando precisava ficar com as moças no cubículo. Diante de Edgar, Kurt e Georg, eu me envergonhava de recitá-lo.

Tentei uma vez, no parque desgrenhado. Depois do segundo verso não sabia continuar. Edgar recitou-o até o final, eu peguei uma minhoca do chão úmido, puxei o colarinho de Edgar e deixei o verme vermelho gelado cair dentro de sua camisa.

Na cidade sempre havia um pedacinho de nuvem ou um céu vazio. E as cartas da minha mãe, da sua mãe, da mãe dele, que não tinham nada a dizer. O poema escondia sua frieza risonha, que combinava com a voz de Edgar, Kurt e Georg. Ele era simples de ser recitado. Mas manter essa frieza risonha todos os dias era difícil. Talvez por isso o poema tivesse de ser recitado tantas vezes.

Não confie em falsa cordialidade, Edgar, Kurt e Georg me alertavam. As moças no quarto tentam de tudo, eles diziam, exatamente como os rapazes no quarto. A pergunta: Quando você volta, significa que querem saber: Por quanto tempo você vai ficar fora.

O capitão Pjele, que se chamava como seu cachorro, interrogou Edgar, Kurt e Georg pela primeira vez por causa desse poema.

O capitão Pjele tinha o poema anotado numa folha. Ele amassou a folha, o cachorro Pjele latiu. Kurt teve de abrir a boca e o capitão meteu a folha dentro. Kurt teve de comer o poema. Ao comer, vomitou. O cachorro Pjele atacou-o duas vezes. Rasgou sua calça e arranhou suas pernas. No terceiro salto, com certeza o cachorro Pjele teria mordido, disse Kurt. Mas o capitão Pjele falou, cansado e calmo: Pjele, já chega. O capitão Pjele se queixou de suas dores renais e disse: Você tem sorte comigo.

Edgar teve de ficar sem se mexer durante uma hora, num canto. O cachorro Pjele ficou sentado à sua frente, observando. Sua língua pendia da boca. Pensei em chutar seu focinho e nocauteá-lo, disse Edgar. O cachorro entendeu o que eu estava pensando. Se um dedo da mão de Edgar se mexesse, ele inspirasse pela boca mais profundamente, a fim de que os pés ficassem quietos, o cachorro Pjele rosnava. Eu não teria sobrevivido a isso, não teria conseguido me controlar. Teria havido uma carnificina.

Antes de Edgar poder ir embora, o capitão Pjele se queixou de suas dores renais e o cachorro Pjele lambeu seus sapatos. O capitão Pjele disse: Você tem sorte comigo.

Georg teve de se deitar de bruços e cruzar os braços nas costas. O cachorro Pjele cheirou suas têmporas e seu pescoço. Depois lambeu suas mãos. Georg não sabia o quanto isso havia durado. Sobre a mesa do capitão Pjele, havia um vaso de ciclâmenes, disse Georg. Quando Georg entrou pela porta, apenas um ciclâmen estava aberto. Quando ele pôde ir, eram dois. O capitão Pjele se queixou de suas dores renais e disse: Você tem sorte comigo.

O capitão Pjele falou para Edgar, Kurt e Georg que o poema incentivava a fuga. Eles disseram: Trata-se de uma antiga canção popular. O capitão Pjele falou: Seria melhor se um de vocês fosse o autor. Seria péssimo, mas assim é ainda pior. Essas canções um dia foram canções populares, mas os tempos eram outros. O regime burguês-senhorial já foi superado há muito. Hoje nosso povo canta outras canções.

Edgar, Kurt e eu seguíamos as árvores da margem e a conversa. Edgar tinha devolvido a chave da casa de veraneio ao homem que nunca chamava a atenção. Tínhamos dividido entre nós os livros, as fotos e as revistas.

A respiração se arrastava de cada boca para o ar gelado. Diante de nossos rostos passou um bando de animais voadores. Disse a Georg: Veja, a fera de sua alma está se mudando.

Georg ergueu meu queixo com o polegar: Você com sua fera d'alma suábia, ele riu. Baixei o olhar e vi o dedo de Georg sob o meu queixo. Os nós de seus dedos eram brancos e os dedos estavam azuis de frio. Limpei as gotas de saliva do rosto. Lola chamava a saliva na fuligem para os cílios de gordura de macaco. Para me proteger, eu disse: Você é de madeira.

As feras de nossas almas voavam feito morcegos. Deixavam pelo para atrás e sumiam no nada. Se falássemos bastante um logo depois do outro, elas ficavam mais tempo no ar.

Ao escrever, nunca esqueça a data e sempre coloque um fio de cabelo na carta, dizia Edgar. Se não houver nenhum, saberemos que foi aberta.

Fios de cabelo, pensei, nos trens que cruzam o país. Um fio escuro de Edgar, um claro meu. Um ruivo de Kurt e Georg. Ambos eram chamados de meninos de ouro pelos estudantes. Uma frase com tesourinha de unha para o interrogatório, dizia Kurt, para a inspeção uma frase com sapatos, para tocaia uma com resfriado. Depois do vocativo, sempre uma exclamação, nas ameaças de morte apenas uma vírgula.

As árvores da margem tocavam a água. Eram salgueiros. Quando eu era criança, os nomes sabiam um motivo para tudo o que eu fazia. Essas árvores não sabiam porque Edgar, Kurt, Georg e eu andávamos ao longo do rio. Tudo ao nosso redor cheirava a despedida. Nenhum de nós disse a palavra.

Uma menina tem medo de morrer e come ainda mais ameixas verdes e não sabe o porquê. A criança está no jardim e procura o motivo nas plantas. As plantas, os caules e as folhas também não entendem por que a menina usa as mãos e a boca, comendo, contra a sua vida. Só os nomes das plantas sabem o porquê: trevo-d'água, erióforos, cardo-estrelado, ranúnculo, potentilha, amarelinha, candelária, frângula, figueira-do-diabo, capuz-de-frade.

Fui a última a deixar o cubículo no alojamento de estudantes. As camas das moças já estavam peladas quando voltei do rio. Suas malas tinham sumido, no armário havia apenas as minhas roupas. O alto-falante estava mudo. Tirei a roupa de cama. Sem travesseiro, a fronha era um saco para a cabeça. Dobrei-a. Coloquei a caixa com a fuligem para os cílios no bolso do sobretudo. Sem coberta, a roupa de cama era uma mortalha, dobrei-a.

Quando ergui a coberta para puxar o lençol, havia uma orelha de porco no meio do lençol. Essa era a despedida das moças. Sacudi o lençol, a orelha continuou presa, tinha sido costurada no meio como um botão. Vi os pontos atravessando a cartilagem azulada e a linha preta. Eu não consegui ficar com nojo. Mais do que a orelha, eu temia o armário. Tirei todas as roupas de uma vez e joguei-as na mala. Sombras de olho, lápis de olho, pó e batom foram para a mala.

Eu não sabia o que são quatro anos. Se estavam grudados nas minhas roupas. O último ano estava pendurado no armário. Eu me maquiava todas as manhãs no último ano. Quanto maior minha vontade de me maquiar, menos eu queria viver.

Dobrei o lençol, a orelha ficou dentro.

No final do corredor havia um monte de roupas de cama. Diante dele estava uma mulher com um avental azul-claro. Ela contava fronhas. Quando lhe dei minha roupa de cama, ela interrompeu a contagem. Ela se coçou com um lápis, eu lhe disse o meu nome. Ela puxou uma lista do bolso do avental, procurou e fez um xis. Ela disse: Você é a penúltima. A última, eu disse, a penúltima morreu.

Nesse dia, Lola poderia entrar no trem com meias-calças finíssimas. E no dia seguinte, alguém que toca as ovelhas através da neve para a casa teria pensado que, nesse frio, sua irmã estava descendo descalça do trem.

Mais uma vez, devo ter ficado parada diante do armário vazio antes de tirar a mala do cubículo. Pouco antes, abri a janela mais uma vez. As nuvens no céu eram como manchas de neve nos campos arados. O sol de inverno tinha dentes. Vi meu rosto no vidro e esperei que o sol recaísse com sua luz na cidade, pois lá no alto já havia neve e terra suficientes.

Quando cheguei à rua com minha mala, tive com a sensação de que precisava voltar para fechar a porta do armário. A janela tinha ficado aberta. O armário, talvez fechado.

Fui à estação, entrei no trem com o qual vinham as cartas da minha mãe. Quatro horas mais tarde eu estava em casa.

O relógio de pêndulo estava parado, o despertador estava parado. A mãe tinha vestido roupas de domingo, ou fui eu quem achei isso pois não a via fazia tanto tempo. Ela esticou o indicador para passá-lo sobre minha meia-calça finíssima. Ela não o fez. Ela disse: Minhas mãos são tão ásperas, agora você é tradutora. O relógio do pai estava no seu pulso. O relógio estava parado.

Desde que o pai morreu, mamãe dava, sem vontade, corda em todos os relógios da casa. As molas tinham quebrado. Quando dava corda, ela disse, me vinha a sensação de eu que devia parar, mas não parei.

O avô colocou suas peças de xadrez sobre a cama. Preciso imaginar as damas aqui, ele disse. Já disse que é para você entalhar novas, a mãe falou. Temos madeira suficiente. O avô disse: Não quero.

A avó que cantava circundou minha mala. Ela olhou no meu rosto e perguntou: Quem veio. A mãe disse: Você está vendo quem. A avó que cantava perguntou: Onde está o seu marido. Eu disse: Não tenho marido. A avó que cantava perguntou: Ele usa chapéu.

Edgar se mudou para uma cidade industrial. Todos nessa cidade faziam ovelhas de metal e as chamavam de metalurgia.

Fui visitar Edgar no final do verão. E vi as chaminés gordas, as colunas de fumaça vermelhas e os lemas vermelhos. A bodega com a aguardente turva de amora e a volta claudicante para os bairros de casas populares sem nada.

Lá os velhos arrastavam a perna pela grama. As criancinhas esfarrapadas comiam sementes de malva no meio-fio. Seus braços não alcançavam nem os galhos das amoreiras. Os velhos chamavam as sementes de malva de pão de Deus. Diziam que elas lhes aumentavam a razão. Os cachorros e os gatos magros não se preocupavam em fazer tocaia e atacar os besouros e ratos.

Quando o sol arde no pico do verão, disse Edgar, todos os cachorros e todos os gatos ficam deitados sob as amoreiras e dormem. Quando o sol aquece seu pelo, eles ficam fracos demais para aplacar a fome. Os porcos na grama rala comem as amoras que estão fermentando e perdem o equilíbrio. Eles ficam bêbados como as pessoas.

Quando o inverno vinha, os porcos eram abatidos entre os conjuntos habitacionais. Se nevar um pouco, a grama permanece ensanguentada durante todo o inverno, disse Edgar.

Edgar e eu fomos à escola deteriorada. O sol faiscava, onde quer que iluminasse, havia moscas. Elas eram pequenas, mas não cinza, sem graça e frágeis como as moscas que eclodem muito tarde. Elas tinham um brilho verde e bramiam quando pousavam sobre o meu cabelo. Elas se deixavam ser carregadas por alguns passos e voltavam a bramir no ar.

No verão, elas se sentam sobre os animais adormecidos, disse Edgar. Elas deixam que sejam erguidas e baixadas de maneira regular pelas inspirações debaixo do pelo.

Edgar era professor nessa cidade. Quatrocentos alunos, os menores têm seis, os maiores, dez, disse Edgar.

Eles comem amoras para ficar com voz boa para as canções do partido, e o pão de Deus para decorar a tabuada. Eles jogam futebol para a musculatura das pernas e treinam caligrafia para a destreza dos dedos. A diarreia vem de dentro, de fora, os piolhos e os arranhões.

As charretes andavam mais rápido pelas ruas do que os ônibus. As rodas das charretes retiniam, os cascos batiam no chão e faziam um barulho surdo. Aqui os cavalos não usavam sapatos de salto, mas pompons verdes e vermelhos de lã pendurados sobre os olhos. Os mesmos pompons ficavam presos no chicote. Os cavalos são tão chicoteados, disse Edgar, que percebem os pompons do açoite. Os mesmos pompons são pendurados sobre seus olhos. Os cavalos ficam com medo e correm.

Nos ônibus, disse Edgar, as pessoas se sentam com as cabeças baixas. Parece que estão dormindo. Nos primeiros dias, me perguntei como conseguiam acordar no ponto certo e descer. Quando andamos nos ônibus com elas, baixamos as cabeças como elas. O chão se rompeu. Enxergamos a rua pelos buracos.

Vi essa cidade refletida no rosto de Edgar, no meio dos olhos, na extremidade das maçãs do rosto e nos cantos da boca. Seu cabelo era longo, dentro dele, o rosto me parecia uma praça nua que não gosta da luz. Veias transpareciam nas têmporas, os olhos tremiam sem motivo, as pálpebras baixavam como se um peixe fosse sumir. Esses olhos não sustentavam um olhar nem mesmo por um instante.

Edgar morava com um professor de educação física, dois cômodos, uma cozinha e um banheiro. Diante das janelas havia amoreiras e arbustos altos de bardana. Um rato aparecia todos os dias pelo ralo da banheira. O professor de educação física o mantém há anos na casa, disse Edgar, ele coloca toicinho na banheira. O rato também come amoras e folhas verdes de bardana.

Vi a terra de Lola no rosto de Edgar. Eu queria acabar com meu medo pelo que aconteceria com Edgar. Esse medo se convenceu de que não era possível ficar três anos por aqui, onde Edgar morava. Mas Edgar teve de ficar três anos. Ele foi enviado para cá pelo Estado, como professor. Por isso eu não disse nada a respeito deste lugar. Mas Edgar falou, tarde da noite, quando olhávamos a lua crescente através de sua janela: Você enxerga o caderno de Lola em todos os cantos por aqui. Ele é tão grande quanto o céu.

O armário do quarto de Edgar estava vazio. Suas roupas ficavam na mala, como se ele pudesse abandonar o lugar a qualquer momento, sem precisar arrumar as coisas. Não vou me estabelecer aqui, disse Edgar. Vi dois fios de cabelo cruzados sobre a mala. Edgar disse: O professor de educação física remexe na minha mala.

No caminho para a escola abandonada, eu queria colher talos de bardana porque Edgar tinha um vaso vazio e porque os brotos atrasados ainda estavam florindo. Eu os dobrava e puxava. Não conseguia arrancá-los. Deixei-os dobrados, como estavam, pendurados na beira do caminho. Eles tinham fibras nos caules que pareciam aço. As bardanas espinhentas, já floridas, que eu não queria colher, ficaram presas no meu sobretudo.

Os garotos fazem ombreiras de bardana, disse Edgar. Eles querem se tornar policiais e oficiais. Essas chaminés os conduzem até a fábrica. Só alguns, os mais resistentes deles, já se aferram à vida com unhas e dentes. Como as bardanas no seu casaco, eles entrarão nos trens, disse Edgar, guardas dispostos a tudo, postados na beira do caminho em qualquer lugar do país.

Georg foi designado professor numa cidade industrial, na qual todos faziam melões de madeira. Os melões de madeira se chamavam indústria de beneficiamento de madeira.

Edgar visitou Georg. A cidade ficava na floresta. Trens e ônibus não iam até lá. Apenas caminhões com motoristas monossilábicos, sem alguns dedos nas mãos, disse Edgar. Os caminhões chegam vazios e voltam com troncos de árvores.

Os trabalhadores roubam restos de madeira e fazem assoalho, disse Georg a Edgar. Quem não rouba não é levado a sério na fábrica. Por isso eles não conseguem parar de roubar e de instalar assoalho, mesmo quando o apartamento já está totalmente revestido. Eles o instalam nas paredes e até no teto.

No centro da cidade, estridulam duas serrarias. Nas extremidades das ruas, ouvia-se os machados em ação na floresta. E de tempos em tempos ouvia-se uma árvore pesada caindo no chão, em algum lugar depois da cidade. Faltam dedos a todos os homens das ruas, disse Edgar, até às crianças.

Quando recebi a primeira carta de Georg, a data era de duas semanas atrás. Tão antiga quanto a carta de Edgar, que tinha chegado três dias antes.

Abri a carta de Georg tão lentamente quanto a carta de Edgar, três dias antes. Na dobra do papel havia um fio de cabelo ruivo. Três dias antes, achei um fio de cabelo preto na carta de Edgar. Após a saudação havia um ponto de exclamação. Engoli em seco ao ler, me ajudei com os lábios para que a carta não trouxesse frases com resfriado, tesourinha de unha ou sapatos. Engolir em seco não ajudou. Ela as trouxe. A carta de Edgar também as tinha trazido.

Aqui as pessoas têm pó de serragem no cabelo e nas sobrancelhas, escreveu Georg.

Com a palavra na boca pisoteamos tantas coisas quanto com os pés na grama, pensei. Pensei no último passeio com Edgar, Kurt e Georg junto ao rio. Nas gotas de saliva de Georg no meu rosto, em seus dedos sob o meu queixo. Me escutei dizendo a Georg: Você é de madeira.

A frase não era minha. A frase não tinha nada que ver com madeira. Naquela época. Eu a ouvira muitas vezes de outras pessoas, quando alguém havia sido rude demais com elas. Ela também não era das outras pessoas. Quando alguém havia sido rude demais com elas, elas se lembravam da frase porque também a escutaram muitas vezes de outras pessoas, quando alguém havia sido rude demais. Se a frase tivesse algo que ver com madeira, seria importante saber de quem era. Mas ela só tinha que ver com a rudeza. Quando a rudeza passava, a frase também passava.

Meses haviam se passado e a frase não havia passado. Fiquei com a impressão de que tinha dito a Georg: Você será de madeira.

Meu cabelo não chama a atenção porque já é ruivo sem a serragem, estava na carta. Ando sem rumo pela cidade. E diante de mim alguém anda sem rumo. Se o caminho em comum é mais longo, nossos passos se sincronizam. Aqui se mantém a distância de quatro passos largos para não atrapalhar o outro. Na frente, eles prestam atenção para que meus passos não se aproximem muito deles. Atrás, eu presto atenção para que suas costas não se aproximem muito de mim.

Mas duas vezes foi diferente: aquele diante de mim meteu, de repente, as duas mãos nos bolsos da calça. Ficou parado, virou os bolsos do avesso e sacudiu a serragem. Ele bateu o pó dos bolsos e eu o ultrapassei. Logo depois, escutei-o a mais de quatro passos atrás de mim, depois a quatro passos. Em seguida, bem perto do meu pescoço. Ele me ultrapassou e começou a correr. Quando não havia mais serragem em seus bolsos, ele passou a ter um destino.

Os velhos cortavam e picavam os galhos jovens, faziam uma canaleta e buracos neles. A parte do fim era aplainada, se tornava um bocal. De todo galho em que encostam, escreveu Georg, eles fazem um apito.

Há apitos que não são mais compridos do que um dedo de criança, Edgar havia dito, e há apitos tão compridos quanto um homem crescido.

Os velhos apitavam nas florestas e enlouqueciam os pássaros. Os pássaros se perdiam entre as árvores e os ninhos. E quando voavam para fora da floresta, confundiam a água das poças com nuvens. Eles mergulhavam nelas e morriam.

Aqui apenas um pássaro tem vida própria, escreveu Georg, o picanço. Seu canto se diferencia do de todos os outros. Enlouquece os velhos. Eles cortam galhos de espinheiro-marítimo e picam as mãos nos espinhos até sangrar. Com essa madeira, eles fazem apitos pequenos como dedos e compridos como crianças, mas o picanço não enlouquece.

Edgar tinha dito que o picanço, mesmo quando está satisfeito, continua caçando. Os velhos circundam o espinheiro-marítimo e apitam. O pássaro voa sobre suas cabeças até os arbustos e se senta. Ele não se abala. Ele espeta seu butim nos espinhos para a fome do dia seguinte.

Deveríamos ser assim, escreveu Georg. Sou assim, comprei dois pares de sapato em uma semana.

Três dias antes, eu havia lido na carta de Edgar: Por duas vezes nessa semana, não encontrei meus sapatos.

Quando passava por sapatarias, eu pensava em inspeção. Apressava-me. A costureira disse: Sapatos de criança são muito caros. Já que ela estava falando de sapatos, só sapatos, tive de rir. Ela falou: Você não tem filhos. Estava pensando em outra coisa, eu disse.

Kurt vinha toda a semana para a cidade. Ele era engenheiro num abatedouro. Ficava próximo a um vilarejo, não longe da cidade. A cidade está perto demais para se morar no vilarejo, disse Kurt. Os ônibus andam ao contrário. De manhã, quando tenho de ir ao vilarejo trabalhar, um ônibus sai do vilarejo para a cidade. À tarde, depois do trabalho, um ônibus da cidade vai ao vilarejo. Isso tem um motivo, eles não querem que pessoas que podem ir todos os dias à cidade trabalhem no abatedouro. Eles querem apenas gente do vilarejo, que raramente sai de lá. Quando chegam novos, eles rapidamente se tornam cúmplices. Eles precisam apenas de poucos dias para ficarem em silêncio como os outros e beberem sangue quente.

Kurt supervisionava doze trabalhadores. Eles instalavam canos de aquecimento no terreno do abatedouro. Kurt estava resfriado havia três semanas. A cada semana, eu dizia: Você precisa ficar na cama. Os trabalhadores estão tão arrebentados quanto eu e não ficam na cama, ele disse. Se eu faltar, eles não trabalham e tudo fica parado.

Não usávamos a palavra resfriado porque ela estava nas cartas. Georg bebeu três xícaras de chá na meia hora em que eu bebi uma. Eu olhei dentro da xícara e pensei: Ele toma três vezes mais e sorve. Em seguida, ele disse: As crianças da escola de Georg não estão nem aí para a fábrica, para o assoalho dos pais e para os apitos dos avós. Elas fazem pistolas e armas de madeira. Elas querem se tornar policiais e oficiais.

Pela manhã, quando vou ao abatedouro, as crianças do vilarejo vão à escola, disse Kurt. Elas não têm caderno nem livro, só um pedaço de giz. Com ele, enchem de corações paredes e cercas. São uma porção de corações entrelaçados uns nos outros. Corações de bois e de porcos, o que mais. Essas crianças já são cúmplices. Quando são beijadas à noite, elas sentem que seus pais bebem sangue no abatedouro e querem ir para lá.

Eu tinha escrito para Edgar: Estou resfriada faz uma semana e não encontro minha tesourinha de unha.

Para Georg, eu tinha escrito: Estou resfriada faz uma semana e minha tesourinha de unha não corta.

Talvez eu não pudesse ter escrito resfriada e tesourinha de unha numa frase, talvez eu devesse ter distribuído pela carta resfriada e tesourinha de unha. Talvez eu devesse ter escrito primeiro tesourinha de unha e, depois, resfriada. Mas resfriada e tesourinha de unha eram apenas uma pancada, maior do que a minha cabeça, depois de eu ter ficado repetindo para mim mesma, durante toda uma tarde, frases com resfriada e tesourinha de unha, até encontrar a certa.

Resfriada e tesourinha de unha me atiraram para fora de seu próprio significado e do significado que havíamos combinado. Não encontrei mais nada nelas e deixei-as numa frase, que talvez fosse boa e certamente era ruim. Riscar resfriada ou tesourinha de unha nessa uma frase e reescrevê-las mais tarde em algumas frases teria sido ainda pior. Eu poderia ter riscado qualquer outra frase nas duas cartas. Riscar apenas resfriada e tesourinha de unha teria sido um sinal e pior do que uma frase ruim.

Devo ter colocado dois fios de cabelo na carta. Diante do espelho, meu cabelo estava longe e tão perto de mim que podia ser tocado, como o pelo de um animal que o caçador observa pelos binóculos.

Devo ter arrancado dois fios de cabelo que não seriam perdidos, dois fios de cartas. Onde eles cresciam, sobre a testa, na têmpora esquerda ou na direita, ou no meio da cabeça.

Me penteei, havia fios pendurados no pente. Coloquei um na carta de Edgar e outro na de Georg. Se o pente tivesse se enganado, não se tratavam de fios de cartas.

No correio, lambi os selos. Ao lado da entrada, um homem que me seguia todos os dias estava telefonando. Ele carregava uma bolsa branca de lona e conduzia um cachorro numa guia. A bolsa estava leve, embora cheia até a metade. Ele a carregava porque não sabia onde meu caminho ia dar.

Entrei na fila. Ele se postou na fila um pouco depois, precisou amarrar o cachorro. Entre nós havia quatro mulheres. Quando saí do correio, ele continuou andando atrás de mim com o cachorro. A bolsa de lona em sua mão não estava mais cheia do que antes.

Enquanto telefonava, ele segurou a guia do cachorro e o fone com uma mão. A bolsa de lona com a outra. Ele falava e observava como minha língua lambia os selos. Colei os selos, embora os cantos não estivessem molhados. Diante de seus olhos, joguei as cartas na caixa do correio, como se a partir daí elas estivessem a salvo de suas mãos.

O homem não era o capitão Pjele. O cachorro talvez fosse Pjele. Mas não, apenas o capitão Pjele tinha um cão pastor.

Fui interrogada pelo capitão Pjele sem o cão Pjele. Talvez o cão Pjele estivesse comendo ou dormindo. Talvez o cão Pjele estivesse sendo adestrado numa sala desse prédio que parecia um caixote a fim de aprender algo novo ou estava treinando o velho, enquanto o capitão Pjele me interrogava. Talvez o cão Pjele estivesse na rua com o homem da bolsa de lona atrás de outra pessoa. Talvez com outro homem sem bolsa de lona. Talvez o cão Pjele estivesse atrás de Kurt, enquanto o capitão Pjele me interrogava. Havia tantos homens quanto cães. Tantos quanto os pelos na pelagem de um cão.

Havia uma folha sobre a mesa. O capitão Pjele disse: Leia. Na folha estava o poema. Leia em voz alta, para que nós dois nos divirtamos, disse o capitão Pjele. Li em voz alta:

Todos tinham um amigo em cada pedacinho de nuvem
num mundo cheio de perigo, com os amigos é assim
minha mãe também diz que isso é muito normal
amigos nem pensar
pense em coisas mais sérias

O capitão Pjele perguntou: Quem escreveu isso. Eu disse: Ninguém, é uma canção popular. Então isso é propriedade do povo, disse o capitão Pjele, por isso o povo pode continuar compondo. Sim, eu disse. Então componha, disse o capitão Pjele. Não sei compor, eu disse. Mas eu sei, disse o capitão Pjele. Eu componho e você escreve o que eu compuser, para que nós dois nos divirtamos.

Eu tinha três amigos em cada pedacinho de nuvem
é assim com as putas onde o mundo é cheio de nuvens
minha mãe também dizia que isso é bem normal
três amigos, nem pensar
pense em coisas mais sérias

Tive de cantar o que o capitão Pjele tinha composto. Cantei sem ouvir minha voz. Passei do medo para o medo mais seguro, que canta como canta a água. Talvez a melodia fosse a da loucura da minha avó que cantava. Talvez eu conhecesse canções que a razão dela tinha esquecido. Talvez meus lábios tivessem de dizer tudo aquilo que estava estagnado na cabeça dela.

O barbeiro do avô é tão velho quanto o avô. Ele é viúvo há muitos e muitos anos, embora sua Anna fosse tão jovem quanto minha mãe. Durante muito tempo ele não se conformou com a morte de sua Anna.

Quando Anna ainda vivia, minha mãe falava: Ela tem a língua solta. Quando o terreno do vovô foi desapropriado, Anna disse à avó que cantava: Agora você recebeu aquilo que merece.

Quando a bandeira com a cruz suástica tremulava no campo de esportes do vilarejo, a avó que cantava denunciou o noivo de Anna para o chefe do comando local. Ela disse: O noivo de Anna não vem saudar a bandeira porque ele é contra o Führer.

Dois dias mais tarde, chegou um carro da cidade e levou o noivo de Anna. Desde então, ele desapareceu.

Muito depois de a guerra ter terminado, disse minha mãe, o barbeiro ficou com a jovem Anna. O barbeiro agradece a avó até hoje por ter ficado com a mulher belíssima. Quando corta o cabelo de vovô ou joga xadrez com ele, ele diz: Mulheres belíssimas não envelhecem; antes de ficarem feias, morrem.

Mas não há motivo para ser grato, disse a mãe. A avó não queria nada de mau para Anna e nada de bom para o barbeiro. Ela disse aquilo porque seu filho estava na guerra havia tempos e o noivo de Anna não queria se alistar.

O capitão Pjele pegou a folha e disse: Você compôs bem, seus amigos vão ficar contentes. Eu disse: Foi o senhor quem compôs isso. Ora, ora, disse o capitão Pjele, é a sua letra.

Quando pude ir embora, o capitão Pjele se queixou de suas dores renais e disse: Você tem sorte comigo.

No interrogatório seguinte, o capitão Pjele disse: Hoje vamos cantar sem a folha. Eu cantei, o medo seguro relembrou a letra. Nunca mais a esqueci.

O capitão Pjele perguntou: O que uma mulher faz com três homens na cama. Fiquei em silêncio. Deve ser um pandemônio como num cruzamento de cachorros, disse o capitão Pjele. Mas afinal vocês não querem se casar, isso só é permitido para casais, não para bandos. Quem você vai pegar para ser pai do seu filho.

Eu disse: Não se faz filho conversando. Ora, ora, disse o capitão Pjele, é fácil fazer um queridinho da mamãe.

Antes de eu poder ir embora, o capitão Pjele disse: Vocês são sementes do mal. Vamos enfiar você na água.

Sementes do mal, pensei, era isso que papai via quando capinava os cardos. Escrevi duas cartas com uma vírgula depois da saudação:

Caro Edgar,
Caro Georg,

A vírgula deveria ficar em silêncio quando o capitão Pjele lesse as cartas, para que ele as fechasse novamente e as enviasse. Mas quando Edgar e Georg abrissem as cartas, a vírgula deveria gritar.

Uma vírgula que silenciasse e gritasse não existia. A vírgula depois da saudação tinha ficado grossa demais.

Não pude deixar a caixa amarrada com os livros e as cartas por mais tempo no escritório atrás das pastas. Levei-a comigo até minha costureira a fim de esquecê-la por lá, até encontrar um lugar seguro na fábrica.

A costureira estava passando roupa. A fita métrica estava enrodilhada sobre a mesa. O relógio tiquetaqueava no cômodo. Sobre a cama havia um vestido com flores grandes. A costureira disse: Tereza. Eu a conheço da fábrica, falei, ela ficou um tempão com o braço engessado. Apenas quando Tereza riu é que olhei para ela. Agora meu braço direito está queimado de sol e o esquerdo está branco. Usando mangas compridas não se vê. O relógio tiquetaqueava no cômodo. Tereza tirou a roupa e meteu o braço bronzeado no vestido florido. Ela xingou porque não conseguiu de primeira. A costureira disse: o buraco da cabeça não vai virar uma manga, mesmo se você xingar.

Depois de colocar o vestido, ela disse: Há um ano, eu imaginava todo palavrão que ouvia. Os colegas no escritório perceberam. Sempre quando alguém xingava, eu fechava os olhos. Eles diziam: Para você enxergar melhor o palavrão. Eu os fechava para não enxergar mais. Pelas manhãs, quando chegava ao escritório, havia folhas sobre minha mesa. Nelas estavam desenhados xingamentos, ascensões de vulvas e pênis. Quando alguém soltava palavrões, eu imaginava as ascensões dos desenhos e caía na risada. Eles diziam que eu fecho os olhos também quando rio. Daí eu também comecei a xingar. A princípio apenas na fábrica.

O relógio tiquetaqueava no cômodo. Eu não vou mais tirar o vestido, disse Tereza, ele esquenta. A costureira disse: Porque você xinga. Porque ele é grosso, disse Tereza. Tecido florido sempre é tecido de verão, disse a costureira, eu não andaria no inverno com isso. Agora eu xingo em todos os lugares, disse Tereza. Ela tirou o vestido.

O relógio tiquetaqueava também no espelho. O pescoço de Tereza era comprido demais, seus olhos pequenos demais, seus ombros pontudos demais, seus dedos grossos demais, seu traseiro achatado demais, suas pernas tortas demais. Tudo o que eu via em Tereza refletia feio no tique-taque do relógio. Desde que eu não pude mais acariciar os pompons de lã nas pantufas de papai, nenhum relógio tinha tiquetaqueado tão alto.

Você andaria com esse vestido no inverno, perguntou Tereza. O vestido não tinha cinto. Sim, eu disse, sim, e vi que Tereza era feia porque o tique-taque do relógio dividia-a em fatias. Logo em seguida, sem espelho, a feiura habitual de Tereza se tornou inabitual. Mais bela do que nas mulheres que eram imediatamente belas.

A costureira perguntou: Como vai sua avó. Respondi: Ela está cantando.

A mãe está diante do espelho e se penteia. A avó que canta se põe ao lado da mãe. A avó que canta pega com uma das mãos a trança pesada da mãe e com a outra a sua trança grisalha. Ela diz: Tive dois filhos e nenhum é meu. Vocês dois me traíram, eu achei que vocês eram loiros. Ela tira o pente da mãe, bate a porta e vai com o pente até o jardim.

Quando Tereza tirou as cartas da mesa de jogo, eu soube por que o relógio tiquetaqueava tão alto no cômodo. Tudo aqui no cômodo estava à espera. Mas não da mesma coisa. A costureira e Tereza queriam que eu fosse embora antes de abrirem as cartas. Eu queria que elas abrissem as cartas antes que eu me fosse. Apenas quando a costureira leu a sorte de Tereza nas cartas é que pude esquecer, sem chamar atenção, da caixa da casa de veraneio.

A costureira era mais conhecida por ler as cartas do que por costurar roupas. A maioria dos clientes não lhe dizia por que vinha. Mas a costureira percebia que eles precisavam de sorte para a fuga.

Tenho pena de alguns, a costureira dizia, eles pagam muito dinheiro, mas não posso mudar o destino. A costureira pegava um copo d'água e bebia um gole. Noto quem acredita nas cartas, ela disse apoiando o copo na mesa. Você acredita nas suas cartas, mas teme que meu resultado seja bom no jogo de paciência. A costureira olhou para a minha orelha. Senti calor. Você não conhece as suas cartas, ela disse, mas é preciso viver com isso. Vejo a infelicidade de antemão e às vezes não preciso enfrentá-la.

A costureira ergueu o copo. O anel d'água sobre a mesa não ficou marcado onde o copo tinha estado, mas diante da minha mão. Gelei. Fiquei em silêncio, a costureira tomou um gole d'água.

O rio e as pedras do rio. O lugar onde a trilha se encerra. Era preciso dar meia-volta lá para voltar inteiro para a cidade. Em geral, todos davam meia-volta ali porque não queriam sentir as pedras pontiagudas sob as solas dos sapatos.

Aqui e acolá alguém não dava meia-volta porque queria entrar n'água. O motivo para isso, diziam as pessoas, não era o rio, igual para todos. O motivo, diziam as pessoas, era o próprio indivíduo que não queria dar meia-volta. Ele era uma exceção.

Como eu não queria mais dar meia-volta, avancei em meio às pedras pontiagudas. Tratava-se de um destino. Não aquele, como Georg tinha escrito, que ia de bolsos vazios. Enchi meus bolsos com duas pedras pesadas. Meu destino era o contrário.

No dia anterior, eu tinha ido a um conjunto habitacional estranho, a fim de olhar pela janela do corredor do quinto andar. Não havia ninguém, era alto o suficiente, eu podia ter pulado. Sobre a cabeça, porém, o céu estava muito próximo. Assim como, mais tarde, a água do rio estava muito próxima. Assim como os pássaros dos velhos, eu tinha enlouquecido. A morte apitava para mim. Não consegui pular e por isso voltei ao rio no dia seguinte. E no dia depois desse.

Havia três pares de pedras na margem, uma na sequência da outra, assim como os dias em que estive no rio. Eu pegava duas pedras diferentes a cada vez. Não ficava procurando muito, várias tinham o peso adequado para afundar comigo. Mas eram as erradas. Dos bolsos do sobretudo, elas voltavam para o chão. E eu retornava à cidade.

Um livro da casa de veraneio se chamava: Suicídio. Lá estava escrito que para cada um havia um tipo de morte. Mas eu caminhava num círculo gelado entre a janela e o rio, para lá e para cá. A morte me apitava de longe, eu tinha de tomar impulso até ela. Eu estava quase me suicidando, só uma pequena parte não participava. Talvez fosse a fera d'alma.

Depois da morte de Lola, Edgar disse: Foi uma ação segura. Comparada com Lola, eu era ridícula. Voltei mais uma vez ao rio para distribuir as pedras em pares na margem entre outras pedras. Lola soube de cara como amarrar o saco com o cinto. Se quisesse o saco com o rio, Lola saberia como emparelhar pedras. Os livros não tratam disso. Naquela época, durante a leitura, pensei: Se algum dia precisar da morte, eu já sei.

No livro, as frases ficavam tão próximas como se, mais tarde, fossem fazer o necessário. Então, quando as espalhei sobre minha pele, elas se desgarraram e me deixaram fugir. Ri alto ao separar as pedras em pares na margem. Eu tinha começado a falar errado com a morte.

Eu era assim idiota e abafei o choro com o riso. Tão teimosa, que pensei: O rio não é o meu saco. Vamos enfiar você na água: o capitão Pjele não vai conseguir.

Edgar e Georg vieram apenas no verão, nas férias longas. Nem eles nem Kurt souberam que a morte tinha apitado na minha cabeça.

Kurt contava do abatedouro todas as semanas. Os trabalhadores tomavam sangue quente durante o abate. Roubavam vísceras e cérebro. À noite, jogavam presunto de bois e porcos pela cerca. Seus irmãos ou cunhados esperavam no carro para carregar. Eles espetavam rabos de boi em ganchos e deixavam secar. Ao secar, alguns rabos de boi ficavam duros, outros se mantinham flexíveis.

Suas mulheres e filhos são cúmplices, disse Kurt. Os rabos de boi duros são usados pelas mulheres como escova de garrafa; os flexíveis, como brinquedo pelas crianças.

Kurt não ficou impressionado por eu ter cantado para o capitão Pjele. Ele disse: Eu quase já me esqueci do belo poema. Estou me sentindo como a geladeira com as línguas e os rins de Lola. Mas lá, onde estou, todos são a geladeira de Lola. Lá o refeitório é tão grande quanto o vilarejo.

Tentei falar semente do mal e cruzamento de cachorros com a voz do capitão Pjele. Kurt chegou ao tom do capitão Pjele melhor do que eu. Ele começou a rir, a rir tão alto que sua garganta encatarrada estertorou. De repente, Kurt engoliu em seco e perguntou: Onde estava o cachorro, como é que o cachorro Pjele não estava lá.

O saco com o rio não era meu. Ele não era de nenhum de nós.

O saco com a janela não era meu. Mais tarde, ele foi de Georg.

O saco com a corda foi, ainda mais tarde, de Kurt.

Naquela época, Edgar, Kurt, Georg e eu ainda não sabíamos. Seria preciso dizer: Naquela época, ninguém sabia. Mas o capitão Pjele não era ninguém. Naquela época, talvez o capitão Pjele já estivesse imaginando dois sacos: primeiro, o saco para Georg. Depois, o saco para Kurt.

Naquela época, talvez o capitão Pjele ainda não pensasse no primeiro saco e ainda demoraria para pensar no segundo. Ou o capitão Pjele pensava nos dois e os distribuía pelos anos.

Não conseguíamos imaginar os pensamentos do capitão Pjele. Quanto mais refletíamos a respeito, menos entendíamos.

Assim como tive de aprender a distribuir resfriada e tesourinha de unha numa carta, o capitão Pjele teve de aprender a distribuir a morte de Georg e Kurt pelos anos. Talvez.

Eu nunca soube se havia algo para dizer sobre o capitão Pjele que fosse verdade. E o que havia para dizer sobre mim eu só soube aos poucos, algumas coisas em três vezes. Mas mesmo assim estava errado.

Entre o inverno e a primavera, ouvi falar de cinco cadáveres no rio que tinham se enroscado na vegetação aquática, no extremo da cidade. Todos falavam sobre isso como se se tratasse das doenças do ditador. Eles balançavam a cabeça e estremeciam. Kurt também.

Kurt tinha visto um homem ao lado do abatedouro, entre a vegetação. Os trabalhadores estavam num intervalo e caminhavam até o grande galpão para se aquecer. Kurt não foi junto porque não queria assisti-los tomando sangue. Ele ficou andando para lá e para cá no pátio, observando o céu. Quando se virou, ouviu uma voz. Ela pedia roupas. Quando a voz se calou, Kurt viu um homem careca na vegetação. Ele estava usando apenas roupas de baixo de inverno.

Apenas depois do intervalo, quando os trabalhadores estavam metidos na vala até o pescoço, Kurt voltou à vegetação. Ele urinou e deixou uma calça e um casaco lá. O careca havia sumido.

À noite, Kurt passou mais uma vez pela vegetação, as roupas tinham sumido. A polícia e o exército esquadrinharam a área. Na manhã seguinte, o vilarejo também. Os trabalhadores do abatedouro disseram que um gorro de presidiário tinha sido encontrado atrás do abatedouro, na plantação de beterrabas.

Provavelmente já na mesma noite o homem apareceu no rio, disse Kurt. A não ser que não tenha sido ele quem acharam, ele está usando minhas roupas.

Fiquei com um gosto amargo na boca. Treinei procurar pedras para três cadáveres de rio. Talvez também para ele. Não necessariamente precisa ser ele, falei.

Na fábrica, eu traduzia manuais para máquinas hidráulicas. Para mim, as máquinas eram um dicionário grosso. Eu me sentava a uma escrivaninha. Raramente ia aos galpões. O ferro das máquinas e o dicionário não tinham nada que ver um com o outro. Os desenhos técnicos me pareciam combinados entre ovelhas de metal e turnos de trabalhadores: trabalhadores da manhã, trabalhadores da noite, trabalhadores especializados no preparo das atividades, trabalhadores mestres, trabalhadores assistentes. Aquilo que eles engendravam com as mãos não precisava de nome na cabeça. Assim eles envelheciam, caso antes não fugissem ou fossem abatidos e morressem.

Todas as máquinas dessa fábrica estavam incluídas entre as capas do dicionário. Eu estava excluída de todas as engrenagenzinhas e parafusos.

O despertador parou pouco depois da meia-noite. A mãe acorda perto da hora do almoço. Ela dá corda no despertador, ele não funciona. A mãe diz: Sem despertador o amanhã não chega. A mãe embrulha o despertador num jornal. Ela manda a filha com o despertador até o tio da relojoaria. O tio da relojoaria pergunta: Para quando vocês precisam do despertador de volta. A filha diz: Sem despertador o amanhã não chega.

Daí é amanhã novamente. A mãe acorda perto da hora do almoço e manda a menina buscar o despertador. O tio da relojoaria joga dois punhados de despertadores numa bacia e diz: Essa máquina não funciona mais.

No caminho de casa, a menina põe a mão na bacia e engole a menor engrenagem, o menor ponteiro, o parafuso mais fino. A segunda menor engrenagem...

Desde que Tereza tinha o vestido florido, ela vinha todos os dias à minha sala. Ela não queria entrar no partido. Minha consciência não é tão desenvolvida, ela disse na reunião, e, além disso, eu xingo demais. Todos riram, disse Tereza.

Posso me negar, pois meu pai era uma autoridade aqui na fábrica. Ele fundiu cada um dos monumentos da cidade. Agora ele está velho.

Vi uma terra nua no rosto de Tereza, nos ossos da sua face, ou no meio dos seus olhos, ou ao redor da sua boca. Uma criança da cidade, que ainda juntava as palavras e as mãos ao falar.

Tereza não entrava no lugar onde, em mim, era um vazio. Talvez apenas uma vez, quando caí em suas graças sem motivo. Talvez porque eu estivesse longe dos gestos de minhas mãos. E das muitas palavras. Não eram apenas aquelas que Edgar, Kurt, Georg e eu tínhamos combinado para as cartas. No dicionário, outras estavam à espera – combinadas entre os trabalhadores e as ovelhas de metal. Escrevi-as para Edgar e Georg: *Schraubenmutter* [mãe do parafuso; porca], *Schwanenhals* [pescoço do cisne], *Schwalbenschwanz* [rabo de andorinha].

Tereza falava manso. Ela falava muito e refletia pouco. Sapatos, ela disse, eram apenas sapatos. Quando o vento batia a porta, ela praguejava do mesmo jeito como quando alguém morria na fuga.

Comíamos juntas, Tereza me mostrava os palavrões desenhados no papel. Tereza umedecia os olhinhos pequenos de tanto rir. Ela queria que eu a acompanhasse na risada e olhava para mim. Eu enxergava nas folhas os miúdos de animais abatidos. Eu não conseguia continuar comendo. Eu precisava contar sobre Lola.

Tereza rasgou os desenhos. Eu também estive no auditório principal, Tereza disse, todos tivemos de ir.

Comíamos juntas todos os dias, e Tereza usava um vestido diferente todos os dias. Tereza usou o vestido florido apenas um dia. Ela tinha vestidos da Grécia e da França. Pulôveres da Inglaterra e jeans dos Estados Unidos. Ela tinha pó facial, batons e rímel da França, bijuterias da Turquia e meias-calças finíssimas da Alemanha. As mulheres do escritório não gostavam de Tereza. Dava para ver o que elas pensavam quando viam Tereza: Tudo o que Tereza vale é uma fuga. Elas tornaram-se invejosas e tristes. Elas cantavam com os pescoços retorcidos:

Que Deus puna
quem ama e abandona
Que Deus puna
com o passo do besouro
com o zunido do vento
com a poeira da terra.

Elas cantavam a canção para si e para a fuga. Mas a maldição da canção era para Tereza.

As pessoas na fábrica comiam toicinho amarelado e pão duro.

Com seus dedos grossos, Tereza empilhava sobre minha escrivaninha fatias finíssimas de presunto, queijo, verduras e pão. Ela dizia: Estou fazendo soldadinhos para que você também coma alguma coisa. Ela erguia os montinhos entre o polegar e indicador, virava-os e os enfiava na boca.

Perguntei: Como assim, soldadinhos. Tereza disse: Eles se chamam assim.

A comida de Tereza combinava com ela. Tinha o gosto residual de seu pai. Ele a encomendava na cantina do partido. Eles entregam de carro em casa toda a semana, disse Tereza. Meu pai não precisa fazer compras, ele vai visitar seus monumentos e carrega as sacolas de compras à toa pela cidade.

Perguntei: Ele tem cachorro.

Os filhos da costureira falaram: Nossa mãe está numa cliente. Vi as crianças pela primeira vez. Eu não sentia curiosidade por elas. Elas perguntaram: Quem é você. Eu disse: Uma amiga. Estremeci na hora, porque senti que não era.

As crianças tinham lábios e dedos azuis escuros. Quando o lápis está seco, elas falaram, ele escreve cinza. Com saliva, escreve azul como a noite.

Pensei: As crianças apareceram pela primeira vez porque pela primeira vez vim sem segundas intenções, porque não quero esquecer nada aqui.

Mas eu queria esquecer algo, sim, a morte do louco da fonte.

O homem com a gravata-borboleta preta estava morto no asfalto, no lugar onde ficou anos e anos. As pessoas se apertavam ao seu redor. O buquê de flores esturricadas estava pisoteado.

Kurt tinha dito que os loucos da cidade não morrem nunca. Quando batem as botas, aparece outro igual no lugar. O homem com a gravata-borboleta preta tinha batido as botas. Dois outros tinham surgido do asfalto, um policial e um vigia.

O policial enxotava aqueles que estavam parados. Seus olhos brilhavam, sua boca estava molhada de gritar. Ele tinha trazido o vigia, que estava acostumado a empurrar as pessoas e a bater nelas.

O vigia postou-se diante das solas dos sapatos do morto e meteu as mãos nos bolsos do casaco. O casaco cheirava a novo, a sal e a gordura, como os tecidos impregnados das lojas. Como todos os tamanhos eram únicos para vigias, as mangas ficavam curtas demais. O casaco do vigia estava presente. O novo quepe do vigia também. Apenas os olhos debaixo do quepe estavam ausentes.

Talvez o rastro da infância paralisasse o vigia ao lado desse morto. Talvez houvesse um vilarejo em sua cabeça. Talvez se lembrasse do pai, que não via há tempos. Ou do avô, que já tinha morrido. Talvez de uma carta com a doença da mãe. Ou de um irmão que, desde que o vigia saíra de casa, teve de tocar as ovelhas com as patas vermelhas.

A boca do vigia era grande demais para essa época do ano. Ela ficava aberta, pois no inverno não havia ameixas verdes para recheá-la.

Ao lado do morto, que logo reveria sua mulher depois de tantos anos, o vigia não podia bater.

Os filhos da costureira escreviam seus nomes na folha, pela enésima vez, em azul como a noite. Eles brigavam pelo espaço no papel. A briga não era barulhenta: Você está fedendo a cebola. Você tem pé chato. Você e seus dentes tortos. Sua bunda tem vermes.

Debaixo da mesa, os pés das crianças não alcançavam o chão. Sobre a mesa, as mãos infantis se pinicavam com lápis. A raiva em seus rostos era obstinada e adulta. Pensei: Enquanto a mãe se atrasa, eles crescem. O que vai acontecer se eles se tornarem adultos em quinze minutos, afastarem as cadeiras da mesa com o quadril e forem embora. Quando a costureira chegar em casa e guardar a chave, como lhe contarei que as crianças não precisam mais da chave.

Se eu não olhasse para as crianças, não conseguiria distinguir suas vozes. No espelho havia o meu rosto e os grandes olhos de uma ninguém. Eles não tinham motivo para olhar para mim.

A costureira veio e colocou a chave em cima da penteadeira, os moldes e a fita métrica enrodilhada em cima da mesa. Ela disse: Minha cliente tem um amante que esporra até no teto do quarto. O marido não sabe que as manchas na cama são manchas de esperma. Elas se parecem com manchas d'água. Ontem ele levou o primo dele, do turno da noite, para casa. Eles subiram no telhado debaixo de chuva para procurar telhas quebradas. Havia duas telhas quebradas, mas não sobre a cama. O primo disse: Se o vento sopra de lado, a chuva também cai de lado. O marido da minha cliente quer pintar o teto amanhã. Eu o convenci a esperar até a primavera, disse a costureira. O senhor sabe, eu lhe disse, na próxima chuva vai acontecer de novo.

A costureira passou a mão no cabelo de um filho. O outro encostou a cabeça no braço dela, ele também queria receber carinho. Mas a mãe foi à cozinha e trouxe um copo d'água. Seus porquinhos, ela disse, os lápis são venenosos na boca, mergulhem eles na água. Quando ela pegou uma folha em branco, o filho acarinhado esticou a mão. Mas ela colocou a folha sobre a mesa.

O amante consegue carregar um balde d'água cheio até a metade com o pau, disse a costureira, um dia ele me mostrou. Alertei a cliente. Seu amante é do sul, de Scornicesti. Ele é o mais jovem de onze filhos. Seis ainda estão vivos. Com um tipo assim não se é feliz. Também previ o braço engessado para a Tereza. Vocês duas são muito diferentes, disse a costureira, mas às vezes isso funciona bem. Todos que me conhecem acreditam em mim.

Um homem carregava um balde de uma casa encalombada até a rua. Ele deixou o portão aberto. No quintal havia um sol pálido. A água no balde tinha congelado. O homem emborcou o balde numa vala e pisou com o sapato em cima. Ao erguer o balde, apareceu um rato congelado num cubo de gelo. Tereza disse: Quando o gelo degelar, ele vai embora.

O homem sumiu em silêncio para dentro da casa encalombada. O portão rangeu e o sol pálido no quintal foi trancado novamente. Quanto Tereza parou de xingar, perguntei: O rio também está congelado assim.

Tereza não respondia a muitas perguntas. Algumas perguntas eu fazia mais de uma vez. Outras eu não fazia nunca mais, porque eu me esquecia delas. Havia também coisas das quais eu não me esquecia e a respeito das quais eu nunca mais perguntava, porque Tereza não devia saber que elas eram importantes para mim. Eu aguardava por uma boa oportunidade para isso. Quando a boa oportunidade chegava, eu não sabia se a oportunidade era boa. Deixava o tempo passar até Tereza passar a outros temas. Daí todas as oportunidades tinham passado, não apenas a boa. Eu tinha de esperar de novo por uma boa oportunidade.

Tereza não respondia a algumas perguntas porque ela falava demais. Ela consumia o tempo de refletir com o excesso de falação.

Tereza não conseguia dizer: Não sei. Se fosse esse o caso, ela abria os lábios e dizia algo bem diferente. Por isso, na primavera, quando o capitão Pjele ligou no escritório e me convocou para o interrogatório, eu ainda não sabia se o pai de Tereza ia visitar seus monumentos com um cachorro.

Eu tinha medo de que o capitão Pjele viesse à fábrica. Logo depois da ligação, carreguei os livros da casa de veraneio para a sala de Tereza. Ela falou e riu com os colegas e, ao mesmo tempo, meteu a caixa em seu armário. Ela não perguntou o que havia na caixa.

Tereza pegou a caixa em confiança e eu não confiava nela.

Na rua com as casas encalombadas, as primeiras moscas pousaram nas paredes. A grama nova era tão verde que a cor ardia nos olhos. Crescia a olhos vistos. Todos os dias, quando Tereza e eu saíamos da fábrica, a grama tinha crescido um tanto. Pensei: A grama na rua cresce mais rápido do que a segunda flor de ciclâmen no escritório do capitão Pjele durante o interrogatório de Georg. E as árvores tão nuas entre as casas esperavam que hesitássemos a cada passo diante da sombra de seus galhos. As sombras se pareciam com galhadas.

O dia de trabalho tinha terminado. Nossos olhos não estavam acostumados ao sol luminoso. Nos galhos não havia nem um pedacinho de folha. O céu inteiro passou sobre a minha cabeça e sobre a de Tereza. A cabeça de Tereza ficou avoada e espaireceu.

Debaixo de uma árvore, Tereza ergueu e baixou a cabeça por tanto tempo até que a sombra de sua cabeça no chão tocou a galhada. No chão havia um animal.

Tereza balançou o tronco fino da árvore com as costas. A galhada se curvou, afastou-se de seu animal e reencontrou-o.

Tereza inclinou a cabeça, o animal perdeu sua galhada e retornou.

Terminado o inverno, disse Tereza, muitas pessoas iam caminhar na cidade durante o primeiro sol. Quando passeavam, viam um animal estranho se aproximar devagar. Ele vinha a pé, embora pudesse voar. Tereza ergueu o casaco aberto com as mãos nos bolsos, feito asas. Quando o animal estranho chegou à grande praça no centro da cidade, ele bateu as asas, disse Tereza. As pessoas começaram a gritar de medo e a se refugiar em casas estranhas. Somente duas pessoas ficaram na rua. Elas não se conheciam. A galhada voou da cabeça do animal estranho e se instalou no beiral de uma sacada. No alto, debaixo do sol claro, a galhada brilhava feito as linhas de uma mão. As duas enxergavam nas linhas suas vidas inteiras. Quando o animal estranho bateu asas novamente, a galhada saiu da sacada e retornou à cabeça do animal. Pelas ruas claras, vazias, o animal estranho saiu devagar da cidade. Depois que ele foi embora da cidade, as pessoas saíram das casas estranhas e voltaram à rua. Elas foram seguir suas vidas novamente. O medo permaneceu em seus rostos. Ele transfigurava os rostos. As pessoas nunca mais foram felizes.

As duas, porém, seguiram suas vidas e desviaram da infelicidade.

Quem eram essas duas, me perguntei. Não sabia a resposta. Eu estava com medo de que Tereza dissesse: Você e eu. Rapidamente mostrei a ela o dente-de-leão murcho ao lado do seu sapato. Mas Tereza notou, assim como eu, que só devíamos ficar juntas onde não houvesse segredo. Que não devíamos ficar juntas em palavras tão curtas como você e eu. Tereza revirou os olhinhos e disse:

Nunca saberemos
quem eram aquelas duas.

Tereza se curvou e soprou o dente-de-leão da haste. Eu não sabia no que ela estava pensando quando as penas da bola branca voaram pelo ar. Ela abotoou o casaco e queria se afastar de seu animal estranho. Sem uma palavra, começou a andar. E tive a impressão de que eu precisava ficar e dizer para Tereza que não confiava nela.

Bem à frente no caminho, Tereza virou a cabeça na minha direção, sorriu e acenou.

Uma rua adiante, procuramos trevos de quatro folhas. Ele ainda era miúdo demais para ser prensado. Mas suas folhas já tinham o anel branco. Não quero prensá-lo, disse Tereza, preciso apenas de sua sorte.

Tereza precisava de um trevo da sorte e eu, do nome da planta: trevo-de-água. Reviramos a área dos trevos com as mãos. Mas aquele, que tinha quatro folhas em vez de três, fui eu quem achei. Porque eu não preciso de sorte, falei para Tereza. Pensei em mãos com seis dedos.

Quando a mãe amarra a filha à cadeira com o cinto, é a filha do diabo quem está diante da janela. Em cada uma de suas mãos há dois polegares lado a lado. Os polegares de fora são menores do que os de dentro.

Na escola, a filha do diabo não consegue escrever bonito. O professor corta seu polegar de fora e mete-o num vidro de conservas com álcool. Numa classe não há crianças, somente bichos-da-seda. O professor coloca o vidro de conservas junto aos bichos-da-seda. Todos os dias as crianças têm de colher folhas das árvores do vilarejo para dar de comer aos bichos-da-seda. Eles só comem folhas de amoreiras.

Os bichos-da-seda comem folhas de amoreira e crescem, e as crianças veem os polegares nos vidros de conserva e não crescem mais. Todas as crianças do vilarejo são menores do que as do vilarejo vizinho. Por isso o professor diz: O lugar dos polegares é o cemitério. Depois da escola, a filha do diabo tem de ir ao cemitério com o professor, enterrar seus polegares.

As mãos da filha do diabo ficam escuras de colher folhas debaixo do sol. Apenas em seus punhos há duas cicatrizes brancas feito dois esqueletos de peixe.

Tereza estava ao sol com as mãos vazias. Dei-lhe o trevo da sorte. Ela disse: Não serve para mim porque foi você quem o achou. A sorte é sua. Não acredito, eu disse, por isso ele só serve para você. Ela o pegou pela haste.

Fui andando atrás de Tereza e disse o nome "trevo-de-água" tantas vezes na batida de nossos passos até que ele estivesse tão cansado quanto eu. Até perder o sentido.

Tereza e eu já estávamos caminhando na rua grande, asfaltada. Aqui e acolá surgia um talo fino pelas frinchas. O bonde chiava devagar, os caminhões andavam rápido, suas rodas giravam feito pó vazio.

Um vigia ergueu o quepe, estufou as bochechas, deixou o ar sair pela boca como se os lábios fossem explodir. O quepe deixara marcas molhadas, vermelhas, sobre a testa. Ele ficou olhando para nossas pernas e estalou a língua.

Tereza provocou-o e andou do jeito que o vigia estava parado. Como se ela não caminhasse sobre o chão, mas sobre o mundo. Eu estava com um pouco de frio e só conseguia andar como se anda neste país. Senti a diferença entre o país e o mundo. Era maior do que aquela entre mim e Tereza. Eu era o país, mas ela não era o mundo. Tereza era apenas aquilo que, neste país, aqueles que queriam fugir acreditavam que fosse o mundo.

Naquela época, eu já pensava que num mundo sem vigias seria possível andar diferente do que neste país. Onde se pode pensar e escrever diferente, pensei, também se pode andar diferente.

Lá na esquina fica o meu cabeleireiro, disse Tereza. Logo vai esquentar, vamos lá, tingir o cabelo.

Perguntei: Como.

Ela disse: De vermelho.

Perguntei: Hoje.

Ela disse: Agora.

Eu disse: Não, hoje não.

Meu rosto ardia. Eu queria o cabelo ruivo. Para as cartas, pensei, vou usar o cabelo da costureira. Ele era tão claro quanto o meu, só que mais longo. Um fio seria suficiente para duas cartas, eu poderia cortá-lo. Mas tirar disfarçadamente cabelo da cabeça da costureira seria mais difícil do que esquecer algo na casa dela.

Às vezes, há cabelos no banheiro da costureira. Comecei a ver essas coisas desde que passei a colocar cabelos nas cartas. Havia mais pelos pubianos do que cabelos no banheiro da costureira.

Eu morava com uma velha senhora, como sublocatária. Ela se chamava Margit e era húngara de Pest. Ela e a irmã tinham sido expulsas da cidade pela guerra. A irmã estava morta e enterrada no cemitério onde eu tinha visto o rosto dos vivos nas fotos dos túmulos.

Depois da guerra, Margit não tinha dinheiro para voltar para Pest. Mais tarde, a fronteira fechou. Eu teria chamado atenção se, naquela época, quisesse ter voltado a Pest, disse a senhora Margit. O padre Lukas me disse naquela época, que Jesus também não estava em casa. A senhora Margit tentou sorrir, mas seus olhos não obedeciam quando dizia: Estou bem aqui, em Pest não há ninguém me esperando.

A senhora Margit falava alemão com grande entonação. Às vezes eu pensava que na palavra seguinte ela começaria a cantar. Mas seus olhos eram frios demais para isso.

A senhora Margit nunca contou por que ela e a irmã vieram para esta cidade. Ela só contou como os mujiques, os soldados russos, tinham vindo para esta cidade, como iam de casa em casa, levando os relógios de pulso de todos os lugares. Os mujiques erguiam os braços até o ouvido, escutavam os relógios e riam. Eles não sabiam ler as horas. Eles não sabiam que se dá corda aos relógios que param. Quando os relógios param, os russos dizem *gospodin*, senhor, e os jogam fora. Os mujiques eram doidos pelos relógios, usavam dez em cada braço, um sobre o outro, disse a senhora Margit.

E a cada dois dias um deles metia a cabeça no vaso sanitário aqui do banheiro, ela disse, e o outro dava a descarga. Eles lavavam a cabeça. Os soldados alemães eram arrumadinhos. O rosto da senhora Margit ficava tão suave que um laivo de sua beleza de garota cobria suas faces.

A senhora Margit ia à igreja todos os dias. Antes do jantar, se aproximava da parede, levantava o rosto e apertava os lábios. Ela sussurrava em húngaro e beijava o Jesus de ferro na cruz. Sua boca não alcançava o rosto de Jesus. Ela o beijava em húngaro, na barriga, sobre a qual havia um manto com um nó. O nó ficava tão longe da cruz que o nariz da senhora Margit não tocava a parede durante o beijo.

Somente quando se enfurecia e atirava contra a parede as batatas que descascaria mais tarde, é que a senhora Margit se esquecia de seu Jesus e xingava em húngaro. Quando as batatas estavam cozidas e na mesa, ela retirava todos os palavrões beijando o manto de Jesus.

Às segundas-feiras, o coroinha batia três vezes rapidamente à sua porta. Pela fresta da porta, ele lhe passava um saquinho de farinha, um pano branco, em cujo centro havia um cibório bordado com fios de ouro e prata, e uma bandeja grande. Depois de ficar com as mãos livres, o coroinha fazia uma reverência, e a senhora Margit fechava a porta.

A senhora Margit fazia massa de hóstia com a farinha e água, e esticava-a na finura de meias-calças sobre a mesa inteira. Em seguida, ela destacava as hóstias com um anel de ferro. Ela colocava as bordas da massa sobre um jornal. Quando as hóstias sobre a mesa e os restos de massa sobre o jornal estavam secos, a senhora Margit fazia montinhos de hóstias sobre a bandeja. Ela colocava o pano branco por cima, deixando o cibório no centro. A bandeja ficava sobre a mesa como um caixão de criança. A senhora Margit espanava com a mão os restos secos de massa para uma lata velha de biscoitos.

A senhora Margit levava a bandeja com o pano branco até a igreja, para o padre Lukas. Antes de sair à rua com as hóstias, ela tinha de achar seu lenço de cabeça preto. Estou estudando, onde, *a fene*, diabos, esse trapo pode estar, dizia a senhora Margit.

O padre Lukas lhe dava todas as semanas dinheiro pelas hóstias e, às vezes, um pulôver preto que ele não usava mais. E às vezes um vestido ou um pano de cabeça que sua cozinheira não usava mais. A senhora Margit vivia disso e do dinheiro que eu lhe pagava pelo quarto.

Quando lia o jornal da senhora Grauberg ou um livro de orações, a senhora Margit deixava a lata de biscoitos ao lado da mão esquerda. Sem olhar, ela enfiava a mão na lata e comia.

Depois de ler muito e ter comido restos de hóstias demais, o estômago da senhora Margit estava tão sagrado que ela precisava arrotar ao descascar batatas e xingar ainda mais. Desde que conheci a senhora Margit, sagrado significa para mim um ruído branco e seco na boca, que faz arrotar e falar palavrão.

A senhora Margit tinha comprado seu Jesus numa viagem de peregrinação de agosto, escolhido com pressa, entre o ônibus e as e cadas do santuário, de um saco cheio de crucificados. O Jesus que ela beijava era o descarte de uma ovelha de metal da fábrica, a barganha local de um trabalhador diurno e noturno entre os turnos. A única coisa justa nesse Jesus pendurado na parede era ser fruto de roubo e burlador do Estado.

Como cada Jesus do saco, esse também se transformou em dinheiro de pinga nos dias após a peregrinação, sobre a mesa da bodega.

A janela do quarto da senhora Margit dava para o pátio interno. Lá havia três tílias grandes e, debaixo delas, tão grande como um cômodo, um jardim descuidado com buxo quebrado e grama alta. No térreo do predinho moravam a senhora Grauberg com o neto, e o senhor Feyerabend, um velho de bigode preto. Ele se sentava com frequência numa cadeira diante da porta de seu apartamento e lia a Bíblia. O neto da senhora Grauberg brincava no buxo e a senhora Grauberg gritava a mesma frase a cada par de horas: Venha comer. O neto gritava a mesma frase de volta: O que você fez de comer. Daí a senhora Grauberg erguia a mão e fazia um sinal de palmada, até gritar: Pode esperar, você vai ver. A senhora Grauberg tinha se mudado com o neto para cá vinda da Mondgasse. Ela não conseguia viver mais na casa da cidade fabril porque a mãe do neto morrera na Mondgasse durante a cesariana. Não existia um pai. Não dá mais para notar a cidade fabril na senhora Grauberg, dizia a senhora Margit, a senhora Grauberg sempre se veste de maneira inteligente quando vai à cidade.

A senhora Margit também dizia: os judeus são ou muito inteligentes ou muito burros. Ser inteligente ou ser burro não tem nada que ver com saber muito ou saber pouco, ela dizia. Alguns sabem muito, mas não são nada inteligentes, outros sabem pouco e não são nada burros. Saber das coisas ou ser burro só tem que ver com Deus. O senhor Feyerabend certamente é muito inteligente, mas ele fede a suor. Isso já não tem mais nada que ver com Deus.

A janela do meu quarto dava para a rua. Eu tinha de passar pelo quarto da senhora Margit para chegar ao meu. Ninguém devia me visitar.

Como Kurt me visitava todas as semanas, a senhora Margit me rejeitava durante quatro dias. Ela não me cumprimentava e não falava nem uma palavra. Quando voltava a cumprimentar e a falar, faltavam apenas dois dias para Kurt voltar.

A primeira frase que a senhora Margit dizia depois da rejeição era sempre: Não quero *kurva*, puta, em casa. A senhora Margit dizia a mesma coisa que o capitão Pjele: Quando uma mulher e um homem têm algo em comum, vão para a cama. Se você não vai para a cama com esse Kurt, então ele é um *ide-ota*, ele não sabe o que quer. Vocês não têm nada em comum e também não precisam procurar nada em comum se não se virem mais. Ache outro, dizia a senhora Margit. Só *gazember*, os imprestáveis, são ruivos. Esse Kurt parece ser um finório, não é um cavalheiro.

Kurt não gostava de Tereza, não era para confiar nela, ele dizia e batia com a mão enfaixada no canto da mesa. Seu polegar estava aberto, uma barra de ferro caíra sobre sua mão. Um trabalhador deixou-a cair sobre a minha mão, disse Kurt. Foi de propósito. Sangrou. Lambi o sangue para que não escorresse pela manga.

Kurt já tinha tomado metade da xícara. Eu queimara a língua e estava esperando. Você é sensível demais, disse Kurt. Eles não me ajudaram com o machucado, se postaram ao lado da vala e ficaram observando como eu sangrava. Seus olhos eram como os de ladrões. Fiquei com medo de eles terem parado de pensar. Eles veem sangue, se aproximam e vão me sugar até o fim. E, depois, não foi ninguém. Eles fazem silêncio como a terra sobre a qual estão parados. Por isso, lambi o sangue tão rapidamente, engoli e engoli. Não ousei cuspi-lo. Depois isso me pegou, passei a gritar. Quase rasguei a boca de tanto gritar. Que todos eles tinham é de ir ao tribunal, gritei, que há tempos eles já não eram mais gente, que eu tinha horror deles porque eram bebedores de sangue. Que o vilarejo deles inteiro não passava de uma bunda de vaca, na qual eles se metiam de noite e saíam de manhã para chupar sangue. Que eles usavam rabos de vaca secos para instigar os filhos a irem ao abatedouro e depois os seduziam com beijos que têm gosto de sangue. Que o céu devia cair sobre suas cabeças e amassá-las. Eles viraram seus rostos sedentos de mim. Eles ficaram em silêncio feito um rebanho nessa culpa nojenta. Passei pelos galpões e procurei por gaze para fazer um curativo no dedo. Na caixinha de primeiros socorros havia apenas uns óculos velhos, cigarros, fósforos e uma gravata. Encontrei um lenço na minha jaqueta, enrolei-o no polegar e prendi-o com a gravata.

Em seguida, a manada entrou em silêncio no galpão, disse Kurt, um depois do outro, como se não tivessem pés, somente olhos gordos. Os abatedores bebiam sangue e os chamavam. Eles balançavam as cabeças. Num dia balançam a cabeça, disse Kurt, no outro tinham se esquecido da minha gritaria. O hábito os transformava novamente naquilo que são.

Quando Kurt fez silêncio, ouvimos um ruído atrás da porta. Kurt olhou para a mão enfaixada e ficou escutando. Eu disse, a senhora Margit está comendo restos de hóstia. Não dá para confiar nela, disse Kurt, ela fica bisbilhotando quando você não está. Eu assenti, as cartas de Edgar e Georg estão na fábrica, eu disse, com os livros. Não disse que os livros estavam com Tereza. A mão enfaixada de Kurt parecia uma bola de massa de hóstia.

A mãe estica a massa de *strudel* sobre a mesa. Seus dedos são ágeis. A massa se torna um tecido fino sobre a mesa. Algo brilha através da massa sobre a mesa: a foto do pai e do avô, ambos jovens. A foto da mãe e da avó orando, a mãe muito mais jovem.

A avó que canta diz: Aqui embaixo fica o cabeleireiro, mas algum dia uma garotinha já morou na casa. Minha mãe aponta para mim e diz: Aqui está ela, ela cresceu um pouco.

Eu estava sentada, cansada, e meus olhos ardiam. Kurt apoiou a cabeça sobre a mão que não estava enfaixada. Ele entortou a boca com a mão. Fiquei com a impressão de que Kurt estava carregando todo o seu peso, até os pés, no canto da boca.

Olhei para o quadro na parede: Uma mulher que sempre olhava pela janela. Ela usava um vestido listrado até o joelho e uma sombrinha. Seu rosto e suas pernas eram esverdeadas como os recém-mortos.

Quando Kurt me visitou pela primeira vez nesse quarto e viu o quadro, eu disse: O chapéu da mulher do quadro lembra os lóbulos das orelhas de Lola, eles estavam esverdeados assim quando Lola foi tirada do armário.

No verão, eu conseguia não prestar atenção no quadro da recém-morta. A quantidade de folhas que batia na janela do lado de fora tingia a luz no quarto e retirava a cor da morte recente. Quando as árvores ficavam nuas, eu não conseguia suportar a recém-morte da mulher. Eu não permitia que minhas mãos tirassem o quadro da parede porque eu associava essa cor à Lola.

Agora vou tirar o quadro, disse Kurt, e eu puxei-o de volta à cadeira. Não, eu disse, isso não é Lola. Estou aliviada por não ser Jesus. Mordi os lábios, Kurt olhou para o quadro. Atrás da porta, a senhora Margit falava em voz alta consigo mesma. Kurt perguntou: O que ela está falando. Dei de ombros. Ela está rezando ou praguejando, eu falei.

Bebi sangue como aqueles do abatedouro, disse Kurt. Ele olhou para a rua do lado de fora: Agora sou um cúmplice.

Do outro lado da rua, passou um cão. Logo vem o homem do chapéu, disse Kurt, ele me segue quando estou na cidade. Ele veio. Não era aquele que me seguia. Talvez eu conheça o cachorro, eu disse, mas daqui não dá para saber.

Eu queria que Kurt me mostrasse o machucado. Você com seu jeitinho meigo suábio de sentir compaixão, ele disse. Você com seu medo suábio de cafajeste do interior, eu disse.

Nós nos surpreendíamos em como conseguíamos inventar expressões desagradáveis. Mas faltava ódio às palavras, elas não feriam. Tínhamos apenas compaixão parceira na boca. E, em vez de raiva, a felicidade constrangida da razão que, depois de longo tempo, tem êxito. Nós nos perguntávamos, sem uma palavra, se Edgar e Georg, quando voltassem à cidade novamente, ainda estariam vivos o suficiente para ferir.

Kurt e eu desatamos a rir no quarto, como se tivéssemos de nos segurar um ao outro antes de nossos rostos começarem a estremecer descontrolados. Antes de cada um se preocupar em dominar os cantos da boca. Ao rir, olhávamos a boca um do outro. Sabíamos que no momento seguinte estaríamos tão abandonados pelos lábios dominados do outro quanto se tremessem.

Daí veio este momento: Me fechei em minhas batidas do coração e me tornei inatingível para Kurt. Minha frieza não podia mais servir para nenhuma palavra maldosa, não conseguia inventar mais nada. Nos meus dedos, essa frieza estava em vias de se tornar tátil. Um chapéu passou debaixo da janela.

Acho que você gostaria de ser cúmplice, eu disse, mas você é apenas um trinchador. Você lambe seu polegar e eles bebem sangue de porco.

E daí, disse Kurt.

Depois da saudação havia um ponto de exclamação. Procurei o cabelo na folha de papel, depois no envelope. Estava faltando. Apenas num segundo susto percebi que a carta era da minha mãe.

Depois das dores nas costas da minha mãe, estava escrito: A avó não dorme nenhuma noite. Somente de dia. Ela trocou. O avô não consegue descansar. Ela não deixa que ele pregue o olho, e de dia ele não consegue dormir. Ela acende a luz de noite e abre a janela. Isso vai assim até clarear lá fora. A janela está quebrada. Do vento, ela diz, quem acredita nisso. Mal saiu do quarto, ela já está de volta. Ela deixa a porta aberta. Quando o avô a deixa fazer o que quiser e não se mexe, ela se aproxima dele na cama. Ela segura suas mãos e diz: Não é para você dormir, a fera de sua alma ainda não está em casa.

O avô está esgotado, nessa idade ele não consegue suportar tanta exaustão. E eu sonho feito doida. Depeno no jardim uma crista-de-galo vermelha. Ela é do tamanho de uma vassoura. O talo não solta, eu puxo e faço força. As sementes caem feito sal preto. Olho para o chão, está cheio de formigas. Dizem que nos sonhos formigas são um rosário.

No verão, a avó que cantava saiu de casa. Na rua, ela gritava em frente a todas as casas. Sua voz era alta. Ninguém entendia o que ela dizia. Se alguém viesse ao pátio pelo seu chamado, ela ia embora. Mamãe procurou-a no vilarejo e não a encontrou. O avô estava doente, mamãe precisava voltar depressa para casa.

Quando a avó que cantava veio ao quarto, na noite escura, a mãe perguntou: Onde você estava. A avó que cantava disse: Em casa. Você estava no vilarejo, disse a mãe, aqui é em casa. Ela fez com que a avó que cantava se sentasse na cadeira: O que você estava procurando no vilarejo. A avó que cantava disse: Minha mãe. Sou eu, disse a mãe. A avó que cantava disse: Você nunca me penteou.

A avó que cantava se esqueceu de sua vida inteira. Ela tinha regressado aos dias da infância. Suas faces tinham oitenta e oito anos. Mas sua memória tinha apenas uma via, na qual uma menininha de três anos mordiscava a barra do avental da mãe. Quando ela voltava do vilarejo, estava suja feito uma criança. Cantar se tornou andar. Ninguém conseguia segurá-la, tão grande era sua inquietação.

Quando o avô morreu, ela não estava em casa. Na hora do enterro, o barbeiro tomou conta dela no quarto. Ela só teria atrapalhado o enterro, disse a mãe.

Já que não pude estar presente, então queria jogar xadrez no momento do caixão entrar na terra, disse o barbeiro. Mas ela queria fugir. Conversar não adiantou de nada, por isso eu a penteei. O pente passava pelo seu cabelo, ela se sentou e ouviu os sinos tocando.

Quando o avô desceu à terra, as coroas imperiais já floresciam no túmulo do pai.

Encontrei a palavra transfinito na descrição de uma máquina hidráulica. Ela não constava no dicionário. Imaginei o que transfinito podia significar para as pessoas, mas não para as máquinas. Perguntei aos engenheiros e perguntei aos trabalhadores. Eles seguravam pequenas e grandes ovelhas de metal nas mãos e repuxavam a boca.

Daí veio Tereza, enxerguei de longe seu cabelo vermelho.

Perguntei: Transfinito.

Ela disse: Finito.

Eu disse: Transfinito.

Ela perguntou: Como vou saber.

Tereza usava quatro anéis. Dois deles tinham pedras vermelhas como se tivessem caído do seu cabelo. Ela colocou um jornal sobre a mesa e disse: Transfinito, talvez eu descubra no almoço, hoje trouxe peru.

Desembrulhei o toicinho amarelo e branco e o pão. Tereza cortou-o em cubinhos e fez dois pequenos soldados. Comemos, ela fez uma careta. Está com gosto de estragado, disse Tereza, vou dar para o cachorro.

Perguntei: Qual.

Ela desembrulhou tomates e um presunto de peru. Coma daqui, ela disse e fez dois pequenos soldados. Ela já estava engolindo, eu mastigava. Ela limpou toda a carne do osso.

Tereza me meteu um soldadinho na boca e disse: Sobreinfinito, pergunte isso à costureira.

A desconfiança fazia tudo o que estava próximo de mim escorregar para longe. Em cada movimento, olhava para meus dedos, conhecia a verdade da minha própria mão, mas não melhor do que os dedos de minha mãe ou os dedos de Tereza. Eu sabia tanto sobre eles quanto sobre o ditador e suas doenças ou sobre os vigias e os passantes ou sobre o capitão Pjele e o cachorro Pjele. Eu também não sabia mais coisas sobre as ovelhas de metal e os trabalhadores ou a costureira e a paciência na hora de ler as cartas. E tampouco sobre fuga e felicidade.

No frontão da fábrica mais próximo do céu e mais longe do pátio havia um lema:

Proletários de todo o mundo, uni-vos.

E embaixo, no chão, caminhavam sapatos que só podiam deixar o país numa fuga. Sobre o asfalto erguiam-se os sapatos melados, empoeirados, barulhentos ou silenciosos. Percebi que eles tinham outros caminhos, que algum dia eles, assim como tantos sapatos, não caminhariam mais sob esse lema.

Os sapatos de Paul não passavam mais por aqui. Desde anteontem ele não vinha ao trabalho. O sumiço transformou seu segredo em fofoca. Todos achavam que sabiam de sua morte. Enxergavam na fuga malsucedida um desejo comum, que atraía de vez em quando um ou outro à morte. Não abriam mão desse desejo. Quando diziam: Ele nunca mais vai voltar, estavam usando Paul para falar de si mesmos. Soava como a senhora Margit dizendo: Em Pest, não há ninguém me esperando. Mas logo depois da fuga, talvez alguém ainda a esperasse em Pest.

Aqui na fábrica, não havia ninguém esperando por Paul, nem mesmo uma hora. Ele não teve sorte, diziam depois de não voltar ao trabalho como tantos antes dele.

Eles faziam fila como numa loja. Quando alguém era agraciado com a morte, a fila andava. O que o leite da neblina, os círculos do ar ou as curvas dos trilhos sabiam disso. Uma morte tão barata quanto um buraco no bolso: a mão entra e todo o corpo vai junto. A obsessão os assaltava com mais intensidade a cada morte.

Os sussurros sobre os mortos em fuga eram diferentes dos das doenças do ditador. Ele aparecia na televisão ainda na mesma noite e desmentia com balbucios a morte próxima, resistindo num longo discurso. Enquanto ele falava, uma nova doença era inventada para empurrá-lo para a morte.

Apenas o local da morte continuou incerto na empresa: foi o milho, o céu, a água ou um trem de cargas aquilo que Paul viu do mundo pela ultimíssima vez.

Georg escreveu: As crianças não falam frase nenhuma sem: ter de. Eu tenho de, você tem de, nós temos de. Mesmo quando estão orgulhosas, elas dizem: Minha mãe teve de me comprar sapatos novos. E está correto. Também sinto isso: Tenho de me perguntar todas as noites se o dia vai chegar.

O cabelo de Georg caiu da minha mão. Encontrei no tapete apenas cabelos meus e da senhora Margit. Contei os cabelos grisalhos como se eu fosse descobrir quantas vezes a senhora Margit tinha estado no quarto. No tapete não havia nenhum cabelo de Kurt, embora ele viesse todas as semanas. Não se podia confiar nos cabelos, mas eu os contava mesmo assim. E um chapéu passou pela janela. Fui até a janela e me debrucei para fora.

Era o senhor Feyerabend. Arrastava os sapatos e puxava um lenço branco do bolso. Coloquei a cabeça para dentro do quarto, como se o lenço branco pudesse sentir que alguém como eu estava observando um judeu.

O senhor Feyerabend tem apenas a sua Elsa, disse a senhora Margit.

Quando ele estava sentado ao sol sem a Bíblia, contei-lhe que meu pai tinha sido um soldado da ss que voltara para casa e que arrancava suas plantas mais imbecis, os cardos. Que meu pai tinha cantado músicas para o Führer até morrer.

As tílias floresciam no pátio. O senhor Feyerabend olhou para as pontas dos sapatos, levantou-se e olhou para as árvores. Quando elas florescem, começamos a matutar, ele disse. Todos os cardos têm leite, eu comi muitos, mais do que flores de chá de tília.

A senhora Grauberg abriu a porta. O neto foi à rua usando meias três quartos brancas, virou a cabeça mais uma vez em sua direção junto ao portão, depois para nós dois e disse: Tchau. E eu disse: Tchau.

Quando a senhora Grauberg, o senhor Feyerabend e eu passamos a olhar mais para as meias brancas do que para o menino, a porta da senhora Grauberg se fechou. O senhor Feyerabend disse: Você ouviu, as crianças cumprimentam como no passado, com Hitler. O senhor Feyerabend também prestava atenção nas palavras. Para ele, tchau era a primeira sílaba de Ceuacescu.

A senhora Grauberg é judia, ele falou, mas ela diz que é alemã. E você tem medo e retribui o cumprimento.

Ele não voltou a sentar. Ele tocou a maçaneta da porta, a porta se abriu. Um gato esticou o pescoço de dentro cômodo fresco. Ele pegou-o no colo. Vi uma mesa sobre a qual estava o seu chapéu; o relógio tiquetaqueava. O gato queria pular para o chão. Ele disse: Elsa, vamos entrar. Antes de fechar a porta, ele disse: Ah, isso com os cardos.

Expliquei a Tereza o que é um interrogatório. Comecei a falar sem motivo, como se eu estivesse falando em voz alta comigo mesma. Tereza se segurava na correntinha de ouro com dois dedos. Ela não se mexia para não desfocar a exatidão tenebrosa.

1 jaqueta, 1 blusa, 1 calça, 1 meia-calça, 1 calcinha, 1 par de sapatos, 1 par de brincos, 1 relógio de pulso. Eu estava totalmente nua, disse.

1 caderneta de endereços, 1 flor de tília seca, 1 trevo de quatro folhas seco, 1 esferográfica, 1 lenço, 1 rímel, 1 batom, 1 pó facial, 1 pente, 4 chaves, 2 selos, 5 passagens de bonde.

1 bolsa de mão.

Tudo estava anotado em tópicos numa folha.

O capitão Pjele não fez qualquer anotação sobre mim. Ele vai me prender. Não ficará anotado em nenhuma lista que eu tenho 1 testa, 2 olhos, 2 orelhas, 1 nariz, 2 lábios, 1 pescoço quando cheguei aqui. Eu sei, por intermédio de Edgar, Kurt e Georg, que há celas no porão. Contra a lista dele, eu queria fazer mentalmente a lista do meu corpo.

Cheguei apenas até o pescoço. O capitão Pjele vai perceber que estão faltando cabelos. Ele vai perguntar onde estão os cabelos.

Fiquei apavorada porque nessa hora Tereza teria de perguntar o que eu queria dizer com os cabelos. Mas eu não poderia ocultar nada. Quando ficamos em silêncio durante tanto tempo, assim como eu diante de Tereza, contamos tudo. Tereza não perguntou sobre os cabelos.

Eu estava em pé no canto, totalmente nua, eu disse. Tive de cantar a canção. Cantei como se vertesse água, nada mais me humilhava, de repente minha pele tinha a grossura de um dedo.

Tereza perguntou: Que canção. Contei-lhe dos livros da casa de veraneio, de Edgar, Kurt e Georg. E que nós nos conhecíamos desde a morte de Lola. Por essa razão tivemos de dizer ao capitão Pjele que o poema era uma canção popular.

Vista-se, ordenou o capitão Pjele.

Depois de ter me vestido, fiquei com a impressão de que tinha vestido o que estava escrito, de que a folha estava nua. Peguei o relógio de sobre a mesa, depois os brincos. Consegui fechar a pulseira do relógio de pronto e, sem espelho, achei os furos nas orelhas. O capitão Pjele ficava andando para lá e para cá diante da janela. Eu queria continuar nua por um tempo. Acho que ele não me observava. Ele olhava a rua. Olhando o céu entre as árvores, era mais fácil para ele imaginar qual seria minha aparência quando eu estivesse morta.

Enquanto eu me vestia, o capitão Pjele colocou minha caderneta de endereços em sua gaveta. Ele também está com o seu endereço, eu disse para Tereza.

Eu estava curvada e amarrava os sapatos quando o capitão Pjele disse: Uma coisa é certa, quem veste roupas limpas não chega sujo aos céus.

O capitão Pjele pegou o trevo de quatro folhas da mesa. Ele tocou-o com cuidado. Você acredita que está tendo sorte comigo agora, ele perguntou. Estou enjoada da sorte, eu disse. O capitão Pjele sorriu: A sorte não tem culpa disso.

Não falei nada do cachorro do capitão Pjele para Tereza, pois me lembrei de seu pai. Não falei para Tereza que, depois do interrogatório, o dia ensolarado ainda estava ensolarado. E não lhe disse: Que não entendo o que fazia as pessoas andarem ágeis e saltitantes visto que podiam estar no céu num piscar de olhos. Que as árvores encostam sua sombra nas casas. Que chamávamos sem maiores preocupações esse momento de tardinha. Que a avó que cantava cantava em minha cabeça,

Você sabe quantas nuvens
estão pelo mundo inteiro.
Deus as contou
e nenhuma Lhe faltou.

Que as nuvens no céu penduravam-se sobre a cidade feito vestidos claros. Que as rodas dos trens soltavam pó e que os vagões se permitiam serem puxados e que tinham o mesmo caminho que o meu. Que os viajantes, logo que entravam, se sentavam à janela como se estivessem em casa.

Tereza soltou sua correntinha de ouro. O que ele quer de vocês, Tereza perguntou.

Medo, eu disse.

Tereza falou: Esta correntinha é um filho. A costureira passou três dias na Hungria, fazendo turismo, disse Tereza, quarenta pessoas no ônibus. O guia vai toda a semana. Ele sabe os lugares, não precisa fazer negócios na rua, a maioria da bagagem era dele.

Quando não se conhece nada, os dois primeiros dias são usados para vender e um dia para comprar. As malas da costureira estavam cheias de lingerie. Elas não são pesadas, disse Tereza, ninguém se sente um burro de cargas. São fáceis de serem vendidas, mas bem barato. Dá para juntar algum, não muito. É preciso ter pelo menos uma mala com utensílios de cristal, cristal é caro. A polícia vive fazendo batidas nas ruas. O negócio funciona melhor nos salões de cabeleireiro, a polícia não vai lá. As mulheres debaixo dos secadores de cabelo sempre têm alguns trocados sobrando e nada para fazer até o cabelo secar. Passa-se com uma mão cheia de calcinhas e uma mão cheia de copos diante delas. Sempre compram alguma coisa. A costureira tinha uma porção de dinheiro. As compras são feitas no último dia. Ouro, de preferência. É fácil de guardar e é bom de vender em casa.

Mulheres sabem negociar melhor do que homens, disse Tereza, dois terços do ônibus eram mulheres. Na viagem de volta, todas tinham um saquinho plástico com ouro na vagina. Os funcionários da alfândega sabem disso, mas o que eles vão fazer.

Deixei a correntinha dentro de uma bacia d'água durante a noite, disse Tereza. E com bastante sabão em pó. Eu não compraria ouro da vagina de ninguém. Tereza xingou e riu. Fico achando que a correntinha ainda está fedendo, e vou lavá-la mais uma vez. Encomendei um trevo para a correntinha. A costureira trouxe apenas dois corações para os filhos dela. Mas no outono, antes de esfriar, ela vai viajar de novo.

Você pode ir pessoalmente, eu disse.

Não carrego malas nem meto ouro na vagina, disse Tereza. A viagem de volta foi de noite. A costureira conheceu um funcionário da alfândega. Ele lhe disse em quais noites de outono vai trabalhar de novo. A costureira vai escolher uma dessas.

Depois da alfândega, o medo passou, disse Tereza. Todas adormeceram com o seu ouro entre as pernas. Apenas a costureira não conseguiu dormir, sua vagina doía, ela tinha de ir ao banheiro. O motorista disse: Viajar com mulheres é uma tortura, elas têm de mijar por causa da luz da lua.

No dia seguinte, os filhos da costureira estavam sentados à mesa, e os corações estavam pendurados em seus pescoços.

Correntinhas não são para crianças, disse a costureira. Elas não devem usar joias na rua. Comprei para mais tarde. Quando estiverem grandes não vão se esquecer de mim. A freguesa com a mancha de esperma no teto tinha ido à Hungria com o amante. Já na viagem de ida ela se engraçou com o funcionário da alfândega, disse a costureira, por motivos comerciais. O amante deu o troco mais tarde, quis um quarto extra no hotel. Não havia nenhum, ele estava com ela na lista. Ele ficou no meu quarto. Não era minha vontade, mas o que eu podia fazer, disse a costureira. Aconteceu o que tinha de acontecer, me deitei com ele. Fiquei preocupada com o teto do quarto no hotel. Afinal, as camareiras checam tudo antes de as pessoas partirem. A freguesa não sabe de nada disso. Na viagem de volta, ele se sentou ao lado dela novamente. Ele afagava seu cabelo e olhava para trás, para mim. Não quero que ele venha bater à minha porta algum dia, não quero perder minha freguesa, eu a conheço faz tempo. Quando saímos do ônibus, na alfândega, ele beliscou meu braço. Para me livrar dele, me engracei com um funcionário. Mas também por motivos comerciais, disse a costureira. Se eu viajar de novo no outono, posso trazer um mixer de cozinha. Eles são bons de vender.

A costureira me pediu para não contar a história do hotel para Tereza. Ela tocou o rosto e disse: Tereza não iria mais usar a correntinha, bem ou mal ela diz que a correntinha é um filho.

É isso que dá, disse a costureira, quando se passa o dia inteiro negociando, sem fazer nada para si mesma. A gente se sente sozinha e quer saber se ainda vale alguma coisa. Em casa eu não me deitaria com ele. Mas lá, fiz por merecer. E ele.

Minha freguesa veio aqui ontem, disse a costureira, tive de consultar as cartas para ela. Quando ela me olha, meu coração para, e as cartas não mostram mais nada. A paciência não deu certo, não cobrei nada da freguesa. Ela me ameaçou. Há coisas que não vemos de pronto, disse a costureira, elas vêm como fumaça e entram sorrateiras. Você precisa esperar alguns dias, eu disse para minha freguesa. Mas quem precisa esperar sou eu. A costureira me pareceu adulta, tranquila e serena.

Os dois filhos andavam com os seus corações de ouro pelo cômodo. Seus cabelos balançavam. Enxerguei dois cães jovens que, quando tiverem crescido, se perderão por aí com sininhos mudos no pescoço.

A costureira tinha mais uma correntinha para vender. Não a comprei. Comprei um saco de celofane com listras vermelhas, brancas e verdes. Continha bombons húngaros.

Dei o saco à senhora Margit, pensei que ela fosse ficar contente. Também pensei que no dia seguinte Kurt viria de novo. Eu queria comprar a irritação dela antes de ele chegar.

A senhora Margit leu cada palavra do saco e disse: *Édes draga istenem*, meu Deus querido. Seus olhos lacrimejaram. Era alegria, mas do tipo que a assustava, que lhe revelava uma vida perdida e que era tarde demais para regressar a Pest.

A senhora Margit considerava sua vida como um castigo justo. Seu Jesus sabia o porquê, mas não o revelava. Exatamente por isso, a cada dia a senhora Margit sofria e amava ainda mais seu Jesus.

O saco húngaro ficou ao lado da cama da senhora Margit. Ela nunca o abriu. Ela lia e relia o texto conhecido em cima do saco como uma vida malbaratada. Ela nunca comia os bombons, porque eles desapareceriam na boca.

A mãe vestia-se de preto havia dois anos e meio. Ela ainda estava de luto pelo pai quando veio o luto pelo avô. Ela foi à cidade e comprou um ancinho pequeno. Para o cemitério e para a horta carregada no jardim, ela disse. É tão fácil machucar as plantas com o ancinho grande.

Achei bobagem ela usar o mesmo ancinho para verduras e túmulos. Tudo tem sede, ela disse, o mato vai crescer cedo este ano, as sementes já estão voando. Os cardos vão tomar conta.

Os vestidos de luto envelheciam-na. Ela sentou-se ao meu lado no sol como uma mulher-sombra. O ancinho estava apoiado no banco. Há trens todos os dias e você não vem para casa, ela disse. Desembrulhou toicinho, pão e uma faca. Não tenho fome, ela disse, só para o estômago. Cortou o toicinho e o pão em cubos. A avó fica no campo durante a noite também, ela disse, como os gatos selvagens. Tivemos um que passava o verão inteiro caçando e vinha para casa em novembro logo que nevava. A mãe não mastigava muito, ela engolia rápido. Tudo o que cresce dá para comer, senão a avó já estaria morta, ela disse. Não saio mais para procurá-la à noite. Há tantos caminhos, tenho medo no campo. Mas sinto a mesma coisa sozinha na casa grande. Embora não dê para conversar com ela, se ela viesse à noite seriam dois pés a mais em casa. Durante a refeição, a mãe não tirou mais a faca da mão, embora tudo estivesse cortado em pedaços. Ela precisava da faca para falar. Não vai dar papoula, ela disse, o milho vai ficar baixo, as ameixas já encolheram faz tempo. Quando tiro a roupa à noite, depois de passar o dia inteiro na cidade, tenho manchas roxas. Trombo em todos os lugares. Se fico perambulando assim em vez de trabalhar, as coisas se põem no meu caminho. Apesar de a cidade ser maior do que o vilarejo.

Em seguida, a mãe subiu no trem. Quando ele apitou, estava rouco. Quando as rodas deram um tranco e as sombras dos vagões escorregaram sobre a terra, o controlador deu um salto. Ele deixou a perna pendurada no ar durante um tempão.

A cadeira desgastada estava debaixo da amoreira. Via-se uma trança de palha seca pendurada debaixo do assento. Girassóis miravam sobre a cerca, eles não tinham coroa nem sementes pretas. Estavam cheios como borlas. Meu pai os aprimorou, disse Tereza. Na varanda havia três galhadas de cervos.

Não posso comer sopa de couve-flor, disse Tereza, a cozinha inteira fica fedida. A avó levou o prato até o fogão e despejou a sopa de Tereza novamente na panela. A colher batia como se ela carregasse talheres na barriga.

Esvaziei meu prato. Acho que a sopa estava boa. Se eu pensava em comida na hora da sopa, ela ficava gostosa. Mas eu não estava confortável comendo ali.

A avó de Tereza colocou o prato diante de mim e disse: Coma, daí a Tereza também come. Com certeza você não é tão enjoada como ela. Para a Tereza, tudo fede. A couve-flor fede, ervilhas e vagens, fígado de galinha, cordeiro e coelho fedem. Muitas vezes digo que a bunda dela também fede. Meu filho não gosta de ouvir isso. Não é para eu falar assim quando há gente em casa.

Tereza não me apresentou. A avó não sentiu falta do meu nome, ela me deu sopa porque eu tinha uma boca no meio do rosto. O pai de Tereza estava com as costas voltadas para a mesa, ele tomava sopa de pé, direto da panela. Provavelmente ele sabia quem eu era, por isso não virou quando cheguei. Ele olhou para Tereza por sobre o ombro: Você xingou de novo, ele disse. O diretor não quis repetir o palavrão, era muito ordinário para ele. Você acha que seus palavrões não fedem.

Tenho vontade de xingar sempre que vejo a fábrica, disse Tereza. Ela pegou uma tigela com framboesas, seus dedos ficaram vermelhos. O pai engolia ruidosamente. Todo dias vem patada de você, ele disse.

Dele, Tereza tinha as pernas tortas, a bunda achatada e os olhos pequenos. Ele era grande e ossudo, a cabeça meio careca. Quando ele visita seus monumentos, pensei, os pombos poderiam se sentar sobre seus ombros em vez de sobre o ferro. As bochechas dele ficavam ocas ao sorver a sopa, os ossos malares ressaltavam-se debaixo dos olhos pequenos.

Será que ele realmente era parecido com os monumentos ou era apenas porque eu sabia que ele os tinha moldado. Às vezes, seu pescoço e seus ombros eram de ferro, às vezes seu polegar e suas orelhas. Um pedaço de couve-flor caiu de sua boca. Pequeno e branco feito um dente, ficou preso no casaco.

Com um queixo desses, pensei, esse sujeito podia ser até pequeno e gordo e mesmo assim teria moldado monumentos.

Tereza virou os quadris e colocou a tigela com as framboesas debaixo do braço. Fomos ao seu quarto.

No quarto, uma porta estreita estava recoberta por papel de parede. Uma floresta no outono, com bétulas e água. Uma das bétulas tinha uma maçaneta no lugar do tronco. A água não era profunda, dava para enxergar a terra. A única pedra entre os galhos na floresta era maior do que duas pedras no rio. Nada de céu, nada de sol, mas ar límpido e folhas amarelas.

Eu nunca tinha visto um papel de parede assim. É da Alemanha, disse Tereza. Sua boca estava ensanguentada por causa das framboesas. A tigela sobre a mesa também. Ao lado havia uma mão esticada de porcelana. Em cada dedo, os anéis de Tereza. No dorso e na palma da mão estavam as correntinhas de Tereza e as da costureira também.

Sem as joias, a mão sobre a mesa seria como uma árvore mutilada. Porém, nas joias brilhava o desespero que não podia crescer nem na madeira nem nas folhas.

Passei a ponta do dedo pelo tronco da bétula com a maçaneta, apertei a maçaneta e continuei. Queria chegar despercebida à pedra no chão da floresta. Perguntei: Onde se chega abrindo a bétula com a maçaneta. Tereza disse: No armário de roupas de minha avó. Coma também, disse Tereza, senão vou acabar sozinha com as framboesas.

Qual a idade da sua avó, perguntei. Minha avó vem de um vilarejo no sul, disse Tereza. Ela ficou grávida durante a colheita de melões e não sabia de quem. Foi motivo de chacota no vilarejo. Por isso ela pegou o trem. Ela estava com dor de dente. Os trilhos acabaram aqui na estação. Ela desceu. Ela foi ao primeiro dentista que viu pela frente e se enrolou com ele.

Ele era mais velho do que ela e sozinho, disse Tereza. Ele tinha seu sustento, ela não tinha nada além do seu segredo. Ela não lhe disse que teria um filho. Ela pensou que ele iria acreditar num parto prematuro. Meu pai realmente foi prematuro. O dentista foi visitá-la na maternidade. Ele lhe trouxe flores.

No dia em que ela recebeu alta, ele não veio. Ela foi com o bebê para casa de taxi. Ele não deixou mais que ela pisasse lá. Ele lhe deu o endereço de um oficial. Ela se tornou doméstica.

Durante anos o oficial ia visitá-la à noite. Meu pai fazia de conta que estava dormindo. Ele entendeu que só tinha tudo o que os filhos dos oficiais tinham por causa disso. Ele podia chamar o oficial de pai se ninguém estivesse escutando. Ele também podia comer junto à mesma mesa. Certo dia, quando a esposa do oficial gritou com minha avó porque os copos não estavam bem lavados, meu pai disse: Papai, quero água. A mulher do oficial olhou para a criança, daí para o oficial. Cara de um, focinho de outro, ela disse.

Ela arrancou a faca da mão de vovó e trinchou o coelho sozinha.

Todos foram comer e minha avó foi arrumar suas coisas. Com a mala na mão, ela tirou da cadeira o filho com a boca cheia de carne. Os filhos do oficial queriam ir até a porta, mas a mulher do oficial não permitiu que eles se levantassem da mesa. Eles abanaram guardanapos brancos. O oficial não teve coragem de olhar para a porta.

O dentista teve mais duas mulheres, disse Tereza. Ambas o deixaram porque queriam filhos. Ele não podia ser pai. Ele teria tido sorte com vovó caso permitisse ser enganado um pouco. Quando ele morreu, papai herdou sua casa.

Você quer ter filhos, Tereza perguntou naquela época. Não, eu disse. Imagine só, você come framboesas, patos e pão, você come maçãs e ameixas, xinga e carrega peças das máquinas para lá e para cá, anda de bonde e se penteia. E tudo isso se transforma num filho.

Ainda me lembro de ter olhado para a maçaneta da bétula. E de que a noz debaixo do braço de Tereza sempre esteve ali, ainda invisível do lado de fora. Ela não se apressou e foi inchando.

A noz crescia contra nós. Contra todo o amor. Ela estava disposta à traição, insensível à culpa. Ela devorava nossa amizade, antes de Tereza morrer por sua causa.

O namorado de Tereza era quatro anos mais velho do que ela. Ele fazia faculdade na capital. Ele estudava medicina. Ele se tornou médico.

Quando os médicos ainda não sabiam que a noz de Tereza iria se infiltrar no seio e nos pulmões, mas já sabiam que Tereza não podia ter filhos, o estudante já era médico formado. Ele disse a ela que queria ter filhos. Esse foi apenas um canto escondido da verdade. Ele abandonou Tereza para que ela não saísse da sua vida pela porta da morte. Ele tinha aprendido o suficiente sobre a morte.

Eu não estava mais no país. Eu estava na Alemanha e, por telefonemas e cartas, recebia as ameaças de morte vindas de longe do capitão Pjele. Os cabeçalhos das cartas eram dois machados cruzados. Em cada carta havia um fio de cabelo preto. De quem.

Eu analisava as cartas com muito cuidado, como se o assassino que o capitão Pjele mandaria estivesse sentado entre as linhas, olhando nos meus olhos.

O telefone tocou, peguei o fone. Era Tereza.

Me mande dinheiro, quero visitar você.

Você pode viajar.
Acho que sim.
Essa foi a conversa.

Tereza chegou de visita. Busquei-a na estação de trem. Seu rosto estava quente e meus olhos, molhados. Nessa plataforma, eu queria ter tocado em Tereza em todos os lugares ao mesmo tempo. Achei minhas mãos pequenas demais, vi o telhado sobre o cabelo de Tereza e quase flutuei até lá em cima. A mala de Tereza exigia muito do meu braço, mas eu a carreguei feito ar. Apenas no ônibus percebi que minha mão estava ralada, vermelha, por causa da alça da mala. Me segurei na barra ali onde Tereza também se segurava. Senti na mão os anéis de Tereza. Tereza não olhava a cidade através das janelas, ela olhava o meu rosto. Ríamos como se o vento gracejasse pelo vidro aberto.

Na cozinha, Tereza disse: Você sabe quem me mandou. Pjele. Eu não poderia viajar de outro jeito. Ela tomou um copo d'água.

Por que você veio.
Queria ver você.
O que você prometeu a ele.
Nada.
Por que você está aqui.
Queria ver você. Ela tomou mais um copo d'água.
Eu disse: Eu deveria não conhecer mais você.

Comparado a isso, cantar diante do capitão Pjele não foi nada, eu disse. Tirar a roupa diante dele não me deixou tão nua quanto você.

Querer ver você, disse Tereza, não pode ser tão ruim assim. Vou contar alguma coisa a Pjele, algo que ele não possa usar para nada. Poderíamos combinar isso, você e eu.

Você e eu. Tereza não percebia que você e eu tinha sido exterminado. Que você e eu não podia mais ser dito junto. Que eu não podia fechar a boca porque o coração estava batendo lá dentro.

Tomamos café. Ela o tomou feito água, não tirava a xícara da mão. Talvez ela esteja sentindo sede por causa da viagem, pensei. Talvez ela esteja sempre com sede, desde que vim para a Alemanha. Olhei para a alça branca larga em sua mão, a borda branca da xícara em sua boca. Ela bebia tão rápido como se quisesse ir embora dela mesma, assim que a xícara estivesse vazia. Enxotar, pensei, mas do jeito que ela estava sentada aqui, tocando o rosto com a mão. Como é possível enxotar quando alguém começou a ficar.

Me senti como diante do espelho da costureira. Vi Tereza em fragmentos: dois olhos pequenos, um pescoço longo, dedos grossos. O tempo parou, Tereza tinha de partir deixando seu rosto aqui, porque senti tanto a falta dele. Ela me mostrou a cicatriz debaixo do braço, a noz tinha sido cortada. Eu queria ter pegado a cicatriz na mão e a acariciado sem Tereza. Eu queria ter arrancando o amor de dentro de mim, tê-lo jogado no chão e pisoteado. Queria me deitar rápido lá onde ele estava deitado para que me entrasse na cabeça de novo pelos dois olhos. Eu queria ter despido a culpa de Tereza como um vestido rasgado.

Sua sede estava aplacada, ela bebeu a segunda xícara de café mais lentamente do que a primeira. Ela queria ficar um mês. Perguntei por Kurt. Ele só tem o abatedouro na cachola, Tereza disse, só fala de beber sangue. Acho que ele não me suporta.

Tereza usou minhas blusas, meus vestidos, minhas saias. Ela ia à cidade com as minhas roupas, em vez de comigo. Na primeira noite, deixei a chave e dinheiro com ela. Eu disse: Não tenho tempo. A pele dela estava tão grossa que essa desculpa não lhe importava. Ela andava sozinha e voltava com sacolas grandes.

À noite, ela se metia no banheiro e queria lavar minhas roupas. Eu dizia: Você pode ficar com elas.

Quando Tereza deixava a casa, eu também ia para a rua. Meu pescoço pulsava, eu não escutava nada mais. Eu não saía das ruas próximas. Não entrava em nenhuma loja, a fim de não encontrar Tereza. Eu não ficava muito, voltava antes dela.

A mala de Tereza estava fechada. Encontrei a chave debaixo do tapete. No bolso interno da mala, encontrei um número de telefone e uma nova chave. Fui até a porta do apartamento, a chave entrava. Liguei para o número. Consulado romeno, disse uma voz. Fechei a mala e coloquei a chave debaixo do tapete de novo. Coloquei a chave do apartamento e o número de telefone na minha gaveta.

Escutei a chave na porta, os passos de Tereza no corredor, a porta do quarto. Escutei sacolas fazendo barulho, a porta do quarto, a porta da cozinha, a porta da geladeira. Escutei faca e garfo batendo, a torneira marulhando, a porta da geladeira batendo, a porta da cozinha, a porta do quarto. Eu engolia em seco a cada ruído. Sentia mãos em mim, cada ruído me tocava.

Daí ela abriu minha porta. Tereza segurava uma maçã mordida e disse: Você mexeu na minha mala.

Tirei a chave da gaveta. Isto é o seu alguma coisa que não terá utilidade para Pjele, eu disse. Você esteve no chaveiro. Hoje à noite parte um trem.

Minha língua estava mais pesada do que eu. Tereza deixou a maçã mordida de lado. Ela arrumou a mala.

Fomos até o ponto de ônibus. Uma mulher idosa com uma bolsa quadrada e uma passagem na mão esperava.

Ela andava para lá e para cá e dizia: Ele deve estar chegando. Vi um táxi e fiz sinal para que nenhum ônibus chegasse, para que eu não tivesse de ficar sentada ou em pé com Tereza.

Sentei-me ao lado do motorista.

Estávamos na plataforma do trem, ela, que queria ficar mais três semanas, e eu, que tinha de querer que ela sumisse imediatamente. Não houve despedida. O trem partiu e nem dentro nem fora havia uma mão para acenar.

Os trilhos estavam vazios, minhas pernas mais moles do que dois fios. Passei metade da noite indo da estação até em casa. Eu não queria chegar nunca. Não dormi mais nenhuma noite.

Eu queria que o amor brotasse de novo, assim como a grama cortada. Ele deve crescer diferente, assim com os dentes das crianças, como o cabelo, as unhas. Ele deve crescer como quiser. Assustei-me com o gelo do lençol e depois com o calor que veio quando me deitei.

Quando Tereza morreu, seis meses após o retorno, eu queria dar minha memória, mas para quem. A última carta de Tereza chegou depois de sua morte:

Eu respiro apenas como a verdura no jardim. Sinto uma saudade física de você.

O amor em relação a Tereza brotou de novo. Tive de forçá-lo a isso e me proteger. Proteger-me de Tereza e de mim, de como nos conhecíamos antes da visita. Tive de atar minhas mãos. Elas queriam escrever para Tereza, dizendo que eu ainda conhecia a nós duas. Que o frio que tinha em mim revolvia um amor contra a razão.

Depois da partida de Tereza, falei com Edgar. Ele disse: Não escreva para ela. Você deu um basta. Se você lhe escrever o quanto está sofrendo, vai começar tudo de novo. Ela vai voltar. Acho que Tereza conhece Pjele desde que conhece você. Ou até há mais tempo.

Por que e quando e como o amor que une chega à zona da morte. Eu queria berrar todas as maldições que não domino

Que Deus puna
quem ama e abandona
Que Deus puna
com o passo do besouro
com o zunido do vento
com a poeira da terra.

Berrar maldições, mas em que ouvido.

Hoje, quando falo de amor, a grama escuta. Acho que essa palavra não é honesta consigo mesma.

Mas naquela época, quando a bétula com a maçaneta estava longe demais da pedra no chão da floresta, Tereza abriu o guarda-roupa e me mostrou a caixa da casa de veraneio. Ela está melhor aqui do que na fábrica, disse Tereza. Se você tiver mais coisa, traga para cá. Edgar, Kurt e Georg também, naturalmente, ela disse. Tenho espaço suficiente, disse Tereza, quando colhíamos framboesas no jardim.

Sua avó estava sentada debaixo da amoreira. Havia muitos caramujos nos arbustos de framboesas. Suas conchas eram listradas de preto e branco. Tereza pegou muitas framboesas com força demais e as amassou. Em outros países se come caramujos, disse Tereza. Eles são sugados das conchas. O pai de Tereza foi para a rua com uma bolsa de lona branca.

Tereza confundiu novamente Roma com Atenas e Varsóvia com Praga. Dessa vez, não fiquei quieta: Você decora os países pelas roupas. Mas as cidades você as coloca onde bem entende. Olhe no atlas. Tereza lambeu as framboesas amassadas de seus anéis: De que adiantou você saber disso, ela perguntou.

A avó estava sentada na cadeira sob a amoreira. Ela escutava e chupava uma bala. Quando Tereza passou com a tigela cheia ao seu lado, a bala tinha parado de ir para lá e para cá nas suas bochechas. A avó tinha adormecido e seus olhos não estavam bem fechados. A bala estava na bochecha direita, como se ela estivesse com dor de dente. Como se ela estivesse sonhando que os trilhos tinham acabado, como no trem, no passado. E no sonho, sob a amoreira, sua vida começava do começo.

Tereza cortou cinco girassóis para mim. Por causa das cidades confundidas, eles ficaram tão desiguais quanto os dedos da mão. Ela queria dar os girassóis à senhora Margit, porque eu chegaria tarde em casa. Mas também porque Edgar, Kurt e Georg viriam em uma semana.

O saco húngaro estava ao lado da cama da senhora Margit. Da parede escura, Jesus olhava para o seu rosto iluminado. A senhora Margit não aceitou as flores. *Nem szép*, não são bonitas, ela falou, elas não têm coração e nem rosto.

Havia uma carta sobre a mesa. Por trás das dores nas costas da mãe, estava escrito:

Na segunda-feira de manhã deixei roupas limpas para a avó. Ela as vestiu antes de ir ao campo. Pus as sujas de molho. Havia bagas de roseira-brava num dos bolsos. Mas, no outro, asas de andorinha. Meu Deus, talvez ela tenha comido a andorinha. É uma vergonha chegar a esse ponto. Talvez você possa falar com ela. Talvez ela conheça você desde que parou de cantar. Ela sempre gostou de você, só não sabia quem você era. Talvez ela saiba novamente. Ela nunca gostou de mim. Venha para casa, acho que ela não vai aguentar muito mais.

Edgar, Kurt, Georg e eu nos sentamos no jardim do pátio. As tílias balançavam ao vento. O senhor Feyerabend estava sentado com a Bíblia em frente à sua porta. A senhora Margit tinha xingado antes de eu descer ao pátio com Edgar, Kurt e Georg. Eu não me importava.

Georg me deu de presente uma tábua verde, redonda, com uma alça. Sobre a tábua havia sete galinhas, amarelas, vermelhas e brancas. Cordões atravessavam seus pescoços e suas barrigas. Elas estavam amarradas umas às outras sob a madeira numa esfera de madeira. A esfera balançava quando se segurava a tábua com a mão. Os cordões se retesavam como as hastes de um guarda-chuva. Balancei a tábua e as galinhas baixaram as cabeças e as ergueram novamente. Escutei seus bicos batendo na tábua verde. No verso da madeira, Georg escreveu:

Modo de usar: No caso de muita preocupação, balance a tábua na minha direção.

Seu picanço

O verde é a grama, disse Georg, os pontos amarelos são os grãos de milho. Edgar tirou a tábua da minha mão, leu e balançou-a. Vi a esfera voar. As galinhas ficaram alvoroçadas. Os bicos picavam todos ao mesmo tempo. Mal conseguíamos manter os olhos abertos de tanto rir.

Eu queria balançar as galinhas e os outros deviam ficar olhando. A tábua era minha.

A menina sai da casa onde só há adultos. Ela leva seus brinquedos até as outras crianças nas mãos, nos bolsos, tantos quantos conseguir carregar. Até na calcinha e debaixo do vestido. Ela solta seus brinquedos das mãos, tira de dentro da calcinha e do vestido. Quando a brincadeira começa, a menina não consegue suportar que outra criança toque em suas coisas.

A menina se transformou, por inveja de que as outras saibam brincar melhor. Por avareza, porque outras tocam aquilo que pertence só a ela. Mas também pelo medo de ficar sozinha. A menina não quer ser invejosa, avarenta, medrosa, mas se torna ainda mais. A menina morde e arranha. Um monstro obstinado, que afasta as crianças, estraga as brincadeiras tão aguardadas.

Em seguida, a solidão. A menina é a mais feia e a mais isolada do mundo. Ela precisa de ambas as mãos para cobrir os olhos. A menina quer deixar todos os seus brinquedos para lá, dá-los todos. Ela espera que alguém toque seu brinquedo. Ou que tire suas mãos diante do rosto, que devolva a mordida e o arranhão. O avô disse: Devolver não é pecado. Mas as crianças não mordem e não arranham. Elas dizem: Engula, não preciso disso.

São dias em que a menina espera ser surrada pela mãe. A menina anda rápido, quer chegar logo em casa, enquanto a culpa ainda está fresca.

A mãe sabe por que a filha voltou tão rápido para casa. Ela não encosta na menina. Da distância infinita entre porta e cadeira, ela diz: Eles troçam de você, agora você pode comer seus brinquedos. Você é boba demais para brincar.

E eu puxei novamente o braço de Edgar: Daqui a pouco os barbantes vão rasgar, dê aqui essa tortura das galinhas. Todos gritavam: Tortura das galinhas. Georg disse: Sua tortura das galinhas suábia. Gritando, pedi a tábua, logo os barbantes vão rasgar. Eu me sentia velha demais para essa mesquinhez de criança, mas o monstro obstinado tinha tomado conta de mim novamente.

O senhor Feyerabend levantou-se da cadeira e foi para o seu quarto.

Edgar ergueu a mão sobre minha cabeça. Vi a esfera voar debaixo das galinhas. Elas comem enquanto voam, disse Edgar. Elas comem aquilo que voa, gritou Kurt. Elas voam sobre a comida, disse Georg. Eles estavam tão loucos que a razão voava pelas suas cabeças feito a esfera pendurada no barbante. Como eu queria sair de mim e ir até eles. Só não estragar a brincadeira, não roubar a maluquice. Afinal eles sabem, pensei, que logo não nos restará nada a não ser aquilo que somos e onde estamos. Nessa hora, eu já estava com o punho de Edgar entre os dentes, tinha arrancado a tortura das galinhas de sua mão e arranhado o seu braço.

Edgar lambeu aquele pouquinho de sangue e Kurt olhou para mim.

A senhora Grauberg falou para o pátio: Venha comer. O neto estava sentado no alto da tília e gritou: O que você fez de comer. O senhora Grauberg ergueu a mão: Pode esperar, você vai ver. Debaixo da tília havia uma foice. Um ancinho estava pendurado no galho mais baixo.

Quando o neto desceu da árvore e ficou ao lado da foice, na grama, o ancinho ainda estava balançando no galho. Me mostre a tortura das galinhas, disse o menino, e Georg falou: Isso não é para crianças. O neto imitou um focinho de coelho e colocou a mão entre as coxas: Estou com pelos aqui. Eu falei: É normal. Minha avó acha que estou ficando homem cedo demais. O menino correu para longe.

Que esse menino desapareça, disse Edgar, o que ele quer aqui. O que eles dirão, pensei, se Tereza aparecer por acaso. Eu tinha combinado assim com ela.

Kurt pegou duas garrafas de aguardente de dentro de sua mala grande de viagem, e um saca-rolha de um bolso interno. A senhora Margit não me dará copos, eu disse. Bebemos na garrafa.

Kurt mostrou suas fotos do abatedouro. Numa delas havia ganchos com rabos de vacas pendurados para secar. Lá ficam os duros, que em casa se tornam escovas de garrafas, aqui os macios, com os quais as crianças brincam. Noutra, aparecia um bezerro deitado. Três homens estavam sentados nele. Um deles, bem na ponta, no pescoço. Usava um avental de borracha e segurava uma faca na mão. Atrás dele estava outro com um martelo pesado. Os outros homens estavam sentados em semicírculo. Eles seguravam xícaras de café nas mãos. Na foto seguinte, seguravam o bezerro sentado pelas orelhas e pelas patas. Na seguinte, a faca rasgava a goela, os homens seguravam suas xícaras sob o jorro de sangue. Na seguinte, bebiam. Daí o bezerro aparecia sozinho no chão do galpão. As xícaras estavam atrás dele sobre o peitoril da janela.

Numa das fotos aparecia terra revolvida, picaretas, pás, barras de ferro. Atrás, um arbusto. Aqui estava o careca de cueca, disse Kurt.

Kurt nos mostrou seus trabalhadores nas fotos. No começo, ele disse, eu não sabia por que eles corriam tão rápido para o galpão. Meu escritório fica do outro lado do prédio, a janela dá para o campo: céu, árvores, arbustos e junco, era isso que eu devia ver no intervalo. Eles não queriam me deixar entrar no galpão. Em todos os outros, sim, não nesse. Agora eles já não se importam mais quando eu assisto. Georg abriu a segunda garrafa. Edgar colocou as fotos em sequência sobre a grama. Os versos estavam numerados.

Estávamos sentados diante das fotos feito os homens diante do bezerro. Tenho mais, com vacas e porcos, disse Kurt. Ele apontou o trabalhador que deixou a barra de ferro cair sobre sua mão. Era o mais jovem. Kurt embrulhou as fotos num jornal. Ele tirou a escova de dentes do bolso do casaco. Pjele esteve comigo, ele disse. Esqueça deixar as fotos na costureira. Com Tereza é melhor, eu disse, traga as outras também.

Quem é ela, perguntou Georg. Eu abri a boca para falar, mas Kurt se adiantou: Um tipo de costureira.

As mulheres sempre precisam de mulheres para se apoiar, disse Edgar. Elas se tornam amigas para poder se odiar melhor. Quanto mais elas se odeiam, mais estão juntas. Vejo isso nas professoras. Uma faz fofoca, a outra arrebita as orelhas e abre bem a boca feito uma ameixa seca caindo. Toca o sino e elas não se desgrudam. Ficam uma eternidade diante da classe, boca e ouvido colados, passa metade da aula. No intervalo, continuam fofocando.

Só pode se tratar de homens, disse Georg. Edgar riu: A maioria só tem um e um de reserva.

Edgar e Georg eram reservas de duas professoras. Na natureza selvagem, eles falaram, ficaram um pouco ruborizados e olharam para Kurt e para mim.

Eu era uma mulher reserva de inverno, porque o homem não existia mais depois que o inverno passava.

De amor ele não falava nunca. Ele pensava em água e dizia que eu era um canudo para ele. Se eu era um canudo, então era um que estava jogado no chão. Era lá que nos encontrávamos todas as quartas-feiras, no bosque, depois do trabalho. Sempre no mesmo lugar, onde a grama era alta e a terra era firme. A grama não continuava alta. Nós nos amávamos com pressa, pois a pele sentia calor e frio ao mesmo tempo. A grama se ajeitava de novo, não sei como. E contávamos, não sei por quê, os ninhos de gralhas nas acácias negras. Os ninhos estavam vazios. Ele dizia: Veja. A neblina tinha buracos. Eles logo se fechavam. Os pés eram os que mais se resfriavam, independentemente do quanto saltitávamos pelo bosque. O frio começava a queimar antes de escurecer. Eu disse: Elas vêm para dormir de novo, no campo elas só se alimentam. Gralhas vivem até cem anos.

As gotas nos galhos não brilhavam mais. Tinham se congelado em narizes. Eu não sabia como a luz desaparecia, embora a observasse durante uma hora. Ele disse que havia coisas que não chegam aos olhos.

Quando ficava bem escuro, íamos até o bonde e voltávamos à cidade. Não sei o que ele dizia ao voltar tão tarde para casa nas noites de quarta-feira. Sua mulher trabalhava na fábrica de sabão em pó. Nunca perguntei pela mulher. Eu sabia que, por mim, ela não ficaria sozinha. Com esse homem, a questão não era tirar. Eu só precisava dele às quartas no bosque. Às vezes ele contava do filho, que ele gaguejava e que estava com os sogros no interior. Ele o visitava todos os sábados.

Todas as quartas-feiras os ninhos das gralhas estavam vazios. Ele dizia: Veja. Em relação às gralhas ele tinha razão. Mas não em relação ao canudo. Num chão de floresta, um canudo é porcaria. Era isso que eu era para ele e ele para mim. Porcaria é um amparo quando o abandono já é hábito.

Ele era alguém do escritório de Tereza que certo dia não voltou mais ao trabalho. Debaixo dos ninhos das gralhas, ele sugeriu que eu fugisse com ele através do Danúbio. Ele apostava na neblina. Outros apostam no vento, na noite ou no sol. Cada um tem seu jeito para fazer a mesma coisa, assim como no caso das cores favoritas, eu disse. Mas pensei: Como no suicídio.

No nosso bosque de acácias também deve ter havido, num lugar qualquer, uma árvore com aquela maçaneta no tronco. Vi esse tronco mais tarde, não naquela época no bosque. Talvez ele estivesse próximo demais de mim. Mas ele conhecia essa árvore e abriu essa porta.

Na quarta-feira seguinte ele tinha morrido na fuga com a mulher. Esperei por um sinal de vida. Ele não me fazia falta por causa do amor. Mas não suportamos a morte de quem divide um segredo conosco. Naquela época, eu já me perguntava por que ia com ele ao bosque. Ficar deitada um pouco debaixo dele na grama espessa, espernear para fora da carne presa e, depois, não ficar grudada nem por um breve momento em seus olhos – talvez fosse isso.

Apenas meses depois surgiu um pedacinho de papel na enfermaria com seu nome. Tereza, que se enfiava em todos os lugares da fábrica, tinha visto o informe oficial. Lá estava escrito: Nome, profissão, endereço residencial, dia da morte. Diagnóstico: morte natural – parada cardíaca. Local da morte: Residência. Horário: 17h20. O carimbo da medicina forense, uma assinatura azul.

A fábrica de sabão em pó, onde Tereza conhecia uma enfermeira, recebeu o mesmo pedacinho de papel com o nome de sua mulher. Lá aparecia a mesma data da morte, morte natural – parada cardíaca, 12h20, em casa.

Tereza disse: Você pergunta tanto dele, mas você o conhece melhor. Você tinha um relacionamento com ele, todos sabiam disso. Foi a primeira coisa que eu soube de você. Antes de nós nos cruzarmos na costureira, ele esteve na casa dela. Ele partiu quando eu cheguei. Ela tirou cartas para ele. Agora não importa mais, disse Tereza, mas eu não teria confiado nele.

O capitão Pjele nunca me perguntou a seu respeito. Talvez houvesse, sim, algo de que o capitão Pjele não soubesse. Mas eu estive vezes demais com ele no bosque, como o capitão Pjele não saberia. Talvez o capitão Pjele falasse de mim com ele. Mas ele nunca me interrogava no bosque, ele não sabia nada de verdade sobre mim. Percebi isso exatamente porque não o amava.

Mas talvez ele pudesse contar ao capitão Pjele como eu sabia cantar quando era preciso.

Vocês têm o amor de vocês. Ele cheira a madeira e a ferro, disse Kurt. Ele me falta, mas é melhor assim. Não consigo me deitar com as filhas e as mulheres dos bebedores de sangue, ele disse, enquanto nós montávamos a primeira lista com os mortos em fuga de que tínhamos ouvido falar. Eram duas páginas. Edgar enviou a lista ao exterior.

A maioria dos nomes eu soube pela Tereza, alguns pela costureira. Sua cliente com a mancha de esperma e o marido e o primo dele não viviam mais.

Georg arrancava grama. Nossas cabeças estavam pesadas da lista e do álcool. Georg quis fazer graça e nós ficamos olhando para ele. Ele cuspiu nas mãos, pulou atrás do ancinho e rastelou. Depois, pendurou o ancinho novamente no galho. Georg tirou sua escova de dentes do bolso da calça. Ele cuspiu nela e penteou as sobrancelhas.

Perguntei de quem era a casa de veraneio. Edgar disse, de um agente da alfândega. Ele tinha muito dinheiro estrangeiro. Ele o escondia no lustre da casa dos meus pais, para que ninguém o encontrasse. Meu pai o conhece da guerra. Agora ele está aposentado, consegue passar a lista pela alfândega. Seu filho me deu a chave, ele mora na cidade.

Sumiram papéis do quarto de Edgar. Ele tinha uma cópia da lista. Não em casa, ele disse. Mas ele não tem mais seus poemas. Nem mesmo na memória, disse Edgar.

Tereza não veio nessa tarde. Dei-lhe as fotos na fábrica. Seu pai tinha sido alertado a meu respeito no dia anterior. Relacionar-se comigo seria uma influência danosa para a filha, disse o capitão Pjele. E em mim só faltava a luz vermelha.

Eu me fiz de desentendida, disse Tereza, e perguntei se Pjele estava se referindo ao partido. Meu pai disse: O partido não é nenhum bordel.

Edgar, Kurt e Georg tinham partido havia tempos. A grama ceifada secava ao sol. Eu via como o monte se tornava mais pálido, todos os dias, e encolhia. Já era palha. Os tocos brotavam de novo.

Certa tarde, o céu ficou preto e amarelo-fogo. Atrás da cidade, relâmpagos cortavam uns aos outros, trovejava. O vento entortava as tílias e quebrava galhos pequenos. Ele os espremia contra os buxos e os trazia de novo para o ar, no alto. Eles se sacudiam, a madeira dos buxos estalava. A luz era como carvão e grama. Dava para esticar a mão e tocar o ar.

O senhor Feyerabend estava sob as árvores e enchia um travesseiro azul com palha. O vento soprava os tufos de sua mão. Ele corria atrás deles e segurava-os com o sapato. Sob essa luz, ele parecia um recorte. Fiquei com medo de que o relâmpago o visse e o abatesse. Quando caíram gotas pesadas, ele correu para debaixo do telhado. Para minha Elsa, ele disse e levou o travesseiro para o seu quarto.

Por trás das dores nas costas de mamãe, estava escrito: A senhora Margit me escreveu dizendo que você está saindo com três homens. Graças a Deus são alemães, mas ainda assim é putaria. A gente passa anos pagando a formação da filha na cidade – para isso a gente serve. E como agradecimento, ganhamos uma puta. Na fábrica você também deve ter um. Tomara Deus que algum dia você me apresente um garanhão castrado e diga: Este é o meu marido. O cabeleireiro, que no passado tinha salão na cidade, já dizia naquela época que mulheres com escola são tão ruins como cuspe. Mas a gente imagina que a própria filha não vai ser assim.

A cera de abelha cozinhava na panela, as bolhas estouravam ao redor da colher de pau como cerveja. Sobre a mesa, entre potinhos, pincéis, vidros, havia um quadro. A esteticista disse: É o meu filho. A criança segurava um coelho branco no colo. O coelho não existe mais, ela disse, ele comeu trevos molhados. Não sabíamos disso, disse a esteticista, fomos catar pela manhã, no orvalho. Achávamos que quanto mais frescos, melhor. Ela espalhou uma tira de cera da largura de uma mão sobre a perna de Tereza, com uma colher. Está mais do que na hora, ela disse, já tem endro brotando nessas pernas. Quando ela puxou a tira de cera, Tereza fechou os olhos. Teríamos abatido o coelho de qualquer maneira mais tarde, disse a esteticista, mas não precisava ter sido assim. A tira rasgou. Ela puxou de novo. A primeira dói, mas a gente acostuma, há coisas piores, disse a esteticista.

Coisas piores, eu sabia do que ela estava falando. Exatamente por isso eu não estava mais tão segura se queria passar pela depilação.

Tereza colocou as mãos debaixo da cabeça e me encarou. Seus olhos estavam aumentados como os de um gato. Você está com medo, ela disse. A esteticista passou uma porção de cera na axila de Tereza. Quando os dedos pontudos arrancaram a cela, dela surgiu uma escova de cabelos.

Coelhos são bonitos, principalmente brancos, disse Tereza, mas a carne deles fede tanto quanto a dos cinzas. Coelhos são bichos limpos, disse a esteticista. A axila de Tereza estava nua. Enxerguei ali um nódulo do tamanho de uma noz.

A tortura das galinhas estava ao lado do dicionário. Tereza balançava-a todos os dias, antes de comermos. Logo que aparecia na porta, dizia: Venho alimentar as galinhas. E sempre perguntava se eu já sabia como era em romeno o nome do pássaro das instruções de Georg. Mas, em romeno, eu só podia dizer a Tereza como o pássaro se chamava em alemão: Picanço [*Neuntöter*, nove vezes assassino]. O nome do pássaro não constava em nenhum dicionário.

Certa vez tive uma babá alemã, disse Tereza. Ela era velha porque minha avó não permitia babás novas para meu pai não cair em tentação. A velha era rígida e cheirava a marmelo. Ela tinha pelos longos nos braços. Eu tinha de aprender alemão com ela. *Das Licht, der Jäger, die Braut,* a luz, o caçador, a noiva. Minha palavra preferida era *Futter*, ração, porque significa fornicar na minha língua. E não cheirava a marmelo:

Ela nos dá leite e pão
Nos lhe damos ração.
A babá cantava para mim:
Crianças voltem rápido para casa
Mamãe já está apagando a brasa.

Ela traduzia a canção para mim, eu sempre me esquecia. Era uma canção triste, eu preferia me alegrar. Quando mamãe a mandava ao mercado, ela me levava junto. No caminho de casa, eu podia olhar com ela as noivas na vitrine da loja de fotografias. Daí eu gostava dela, porque ela ficava em silêncio. Ela olhava durante mais tempo do que eu, eu tinha de tirá-la de lá. Ao partirmos, as marcas de nossos dedos estavam no vidro. Para mim, o alemão sempre foi uma língua dura de marmelo.

Desde que vi a noz, passei a perguntar para Tereza, todos os dias, se ela tinha ido ao médico. Ela virava os anéis nos dedos e olhava para eles, como se a resposta estivesse lá. Ela balançava a cabeça, xingava e parava de comer. Seu rosto ficava tenso. Numa manhã, ela disse: Fui. Perguntei: Quando. Tereza disse: Ontem, estive na casa de um. É um calombo de gordura, não o que você está pensando.

Não acreditei nela e procurei a mentira fresca, úmida, nos seus olhos. Vi a criança da cidade no seu rosto, teimosa e ágil, esgueirar-se pelos cantos da boca. Mas Tereza meteu o próximo soldadinho na boca, mastigou e, ao mesmo tempo, fez barulho com as galinhas e deixou a esfera voar. Pensei: Quando mentimos, a comida perde o sabor. Como Tereza conseguiu continuar comendo, parei de duvidar.

Se você fosse se transformar em pássaro amanhã e pudesse escolher, qual seria, perguntou Tereza.

Tereza não continuou por muito mais tempo a dizer: Vou dar de comer às galinhas, não almoçávamos mais juntas.

Certa manhã, quando cheguei ao trabalho, escutei um barulho. Não havia ninguém no corredor silencioso. Eu estava diante da porta do escritório com a chave na mão. Escutei o barulho atrás da porta. Abri a porta. Alguém estava sentado à minha mesa. Ele brincava com a tortura das galinhas. Eu o conhecia de vista, era chamado de programador. Ele ria feito louco. Arranquei-lhe a tortura das galinhas da mão. Ele disse: No Estado civil, bate-se à porta antes de entrar a essa hora. Eu não tinha chegado atrasada, mas estava demitida. Depois de fechar a porta, vi minhas poucas coisas no corredor: sabonete, toalha, o aquecedor de água por imersão, que era de Tereza, e a panela. Na panela, duas colheres, duas facas, café e açúcar e duas xícaras. Numa das xícaras, uma borracha. Na outra, uma tesourinha de unha. Procurei Tereza, ela estava em sua sala, colocou minhas coisas sobre a mesa vazia. Esperei um pouco. O ar estava viciado, todos andavam de lá para cá. Eles se agitavam nesse espaço apertado, nesse dedal cheio de gente. Eles me olhavam de soslaio. Ninguém me perguntou por que eu estava chorando. O telefone tocou, alguém atendeu e disse: Sim, ela está aqui. Ele me mandou para o chefe de pessoal. Ele me deu um papel para assinar. Eu li e disse: Não. Ele me olhou com sono. Perguntei: Por quê. Ele partiu um croissant no meio. Dois farelos brancos caíram sobre sua jaqueta escura, não sei mais o que pensei naquela hora. Mas gritei ainda mais. Xinguei pela primeira vez, porque tinha sido demitida.

Nessa manhã, Tereza não foi à sua sala.

O céu estava careca. Vento quente carregava minha cabeça pelos cabelos através do pátio da fábrica, eu não sentia minhas pernas. Quem se veste com roupas limpas não pode entrar sujo no céu, pensei. Eu queria estar suja de propósito para o céu do capitão Pjele, mas apesar disso vestia roupas limpas cada vez com mais frequência.

Fiz o mesmo caminho até a sala de Tereza mais três vezes, abri e fechei a porta sem dizer palavra. As poucas coisas ainda estavam sobre a mesa. Deixei as lágrimas escorrerem ao lado das orelhas e pelo queixo. Meus lábios ardiam salgados, meu pescoço estava molhado.

Debaixo do lema sobre o asfalto, vi como meus pés se arrastavam e os outros caminhavam. Suas mãos carregavam ovelhas de metal ou papel esvoaçante. Vi-os a distância ao meu lado. Apenas os cabelos ao redor de suas cabeças se pareciam próximos de mim e maiores do que suas camisas e vestidos.

Eu não pensava mais em mim, tamanho era meu medo por Tereza. Xinguei pela segunda vez.

Naquele momento, ela estava sentada com o diretor. Ele a tinha interceptado junto ao portão. Ele só a deixou partir três horas depois, quando eu tinha passado pelo portão, demitida. Ela deveria ingressar no partido no mesmo dia e se afastar de mim. Depois de três horas, ela disse: Tudo bem.

Na reunião à tarde, Tereza teve de se sentar na primeira fila diante da toalha de mesa vermelha da diretoria. Depois da abertura, o pai de Tereza foi homenageado. Em seguida, ela foi apresentada pelo mediador da reunião. Que ela se levantasse e fosse à frente, disse ele, para que o mais novo membro fosse visto antes do ingresso. Tereza se levantou, virou o rosto para o salão. As cadeiras estalaram, os pescoços se esticaram. Tereza sentiu para onde olhavam: para suas pernas.

Eu me curvei como se fosse entrar em cena, disse Tereza mais tarde. Alguns riram, outros até bateram palmas. Em seguida, comecei a xingar. Eles não ficaram rindo e batendo palmas por muito tempo, pois na diretoria ninguém batia palmas. Eles se sentiram pegos no flagra e esconderam as mãos.

Vocês podem plantar bananeira e catar moscas com a bunda, disse Tereza. Alguém da primeira fila colocou as mãos sobre as coxas. Ele estava sentado sobre elas, elas estavam vermelhas como a toalha da mesa. Mas suas orelhas também, embora ele não tivesse sentado sobre elas, disse Tereza. Ele abriu bem o focinho, tomou ar e curvou os dedos. Seu vizinho, um magrelo de pernas longas, disse Tereza, chutou o tornozelo dela como sinal de que deveria se sentar. Tereza puxou o pé e disse: E se isso ainda não for suficiente para vocês, então fiquem puxando água dos miolos até terem uma ideia melhor.

Minha voz permaneceu calma, disse Tereza. Eu sorri, no início eles achavam que eu queria agradecer pela homenagem a papai. Depois eles ficaram com cara de coruja, nessa sala havia mais olhos brancos do que parede.

Kurt veio à cidade numa quarta-feira, inesperadamente. Apesar do sol, eu estava no quarto nesse dia de verão, porque do lado de fora, entre as pessoas, eu caía no choro muito rápido. Porque eu tinha me postado no meio do vagão do bonde, para gritar alto. Porque eu tinha saído rápido da loja para não arranhar e morder as pessoas.

Pela primeira vez Kurt deu flores à senhora Margit, provavelmente porque ele estava vindo no meio da semana. O buquê tinha sido colhido no campo, papoulas e urtigas-brancas. Elas estavam murchas por causa da viagem. Na água vão ficar frescas novamente, disse a senhora Margit.

As flores não teriam sido necessárias, a senhora Margit estava pacífica desde que eu havia sido demitida. Ela me fazia carinho, mas eu sentia apenas frio do lado de dentro. Eu não podia afastar sua mão e não a suportava. O Jesus dela também me olhava quando ela dizia: Você tem de rezar, minha filha, Deus compreende tudo. Falei do capitão Pjele e ela falava de Deus. Eu tinha medo de que minhas mãos tivessem de bater no rosto dela.

Certa vez veio alguém, disse a senhora Margit, e perguntou por você. Ele cheirava a suor. Ela pensou que seria um *kanod*, uma transa. *Istenem*, meu Deus, ela disse, são tantos que não dá para lembrar de todos. O homem lhe mostrou sua identificação, sem óculos ela não conseguiu ver o que estava escrito lá. Antes de ela conseguir dizer não, ele já tinha entrado no quarto. Ele fez todo o tipo de pergunta, disse a senhora Margit. Pelas perguntas, ela percebeu que ele não estava lá por amor.

Ela paga o aluguel e sai para trabalhar, mais eu não sei, disse a senhora Margit para esse homem. Depois, ela ergueu a mão. Eu juro, ela disse, e apontou para Jesus: Não minto, Ele é minha testemunha.

Isso foi no começo do ano, disse a senhora Margit. Só estou contando agora porque o homem foi embora e nunca mais voltou. Quando partiu, desculpou-se e me beijou a mão. Era um cavalheiro, mas cheirava a suor.

Desde então, ela rezou muitas vezes por mim. Deus me escuta, ela disse, Ele sabe que eu não faço isso para qualquer um. Mas você também tem de rezar um *kicsit*, um pouquinho.

Kurt veio inesperadamente porque Edgar e Georg ligaram para o abatedouro dizendo que tinham sido demitidos. Eles também ligaram na fábrica, disse Kurt. Um programador lhes disse que você faltou tanto que foi demitida. Eles queriam falar com Tereza, daí desligaram.

Kurt passou a noite inteira com dor de dente. Seu cabelo estava desgrenhado. No vilarejo não havia dentistas, ele disse, todos vão à sapataria. O sapateiro tem uma cadeira que se fecha com uma tábua na frente da barriga de quem está sentado. A pessoa se senta e o sapateiro amarra um fio grosso em volta do dente. Do outro lado do fio, ele faz um laço e o prende na maçaneta da porta da oficina. Ele bate a porta da oficina com um chute forte. O fio arranca o dente da boca. A pessoa paga quarenta *lei*, o mesmo que para um par de meias-solas, disse Kurt.

Tereza não foi demitida depois da reunião do partido. Ela foi transferida para outra fábrica.

Kurt disse: Ela é infantil, mas não politizada. O pai dela é adulto, por isso ela pode continuar infantil. Os cantos de seus olhos estavam mais vermelhos do que seu cabelo, sua boca estava molhada.

Meu pai também era adulto, eu disse, senão ele não teria estado na SS. Ele teria moldado monumentos e os espalhado pelo país. Ele teria saído marchando o tempo todo. O fato de ele não ser mais útil politicamente depois da guerra não tinha que ver com arrependimento. Ele tinha marchado na direção errada, só isso.

Como espiões, todos são úteis, disse Kurt, tanto faz se foram de Antonescu ou de Hitler. Por causa da cicatriz em seu polegar ele me parecia o filho do diabo. Alguns anos depois de Hitler, todos estavam chorando por Stalin, ele disse. Desde então, ajudam Ceaucescu a fazer cemitérios. Os pequenos espiões não querem cargos altos no partido. Dá para usá-los sem constrangimentos. Membros do partido podem reclamar quando precisam se tornar espiões. Eles podem se defender melhor do que os outros.

Se quiserem, eu disse. Eu odiava suas unhas sujas porque elas desconfiavam de Tereza. Eu odiava seu queixo repuxado porque ele quase me convencia. Seu botão solto da camisa, eu o odiava porque estava para ser arrancado por um fio.

O que uma pessoa precisa fazer para ser tão politizada quanto você, perguntei. Arranquei-lhe o botão da camisa e meti-o na boca. Kurt tentou bater na minha mão, mas bateu o ar.

Você chama sua desconfiança de exatidão, eu disse com o fio na boca e o botão na mão, mas você deixa suas fotos com a Tereza. É que não vai acontecer nada com ela se as fotos forem achadas, disse Kurt.

Você acredita que ficará invisível se não confiar em ninguém, eu disse. Kurt olhou para a foto da recém-morta, seu vestido de listras e sua sombrinha. Não, ele disse. Pjele não nos perde mais de vista. Mordi o fio e o engoli: Alguém já conseguiu escolher o próprio pai. Kurt segurou a cabeça nas mãos. Há pessoas que não conhecem o pai, ele disse. Eu perguntei: Quem. Ele bateu com os dedos sobre a mesa vazia, como se a tortura das galinhas estivesse fazendo barulho. Cada par de dedos fazia um som diferente sobre a mesma madeira.

Pensei: Nós nos conhecemos tão bem que precisamos um do outro. Mas como seria fácil ter amigos muito diferentes se Lola não tivesse morrido no armário.

Vá ao dentista, eu disse, você está com inveja porque ninguém pode nos ajudar. Ele disse: Você também está ficando infantil aos poucos.

Em seguida, ele abriu a mão como uma criança. Mas eu meti o botão na boca: Deixe-o aqui antes que você o perca. O botão fazia barulho nos meus dentes. Onde está a tortura das galinhas, perguntou Kurt.

Escrevi para a mãe que tinha sido demitida. Ela recebeu a carta já no dia seguinte. E um dia depois eu estava com sua resposta:

Sei pelo vilarejo. Chego à cidade na sexta com o primeiro trem.

Respondi a ela:

Não chego tão cedo à estação. Estou às dez na fonte.

As cartas nunca eram entregues tão rapidamente.

A mãe estava na cidade desde manhãzinha. Nós nos encontramos na fonte. Ela carregava nos braços dois cestos vazios e havia uma sacola cheia diante dos seus pés. Ela me beijou junto à fonte, sem soltar os cestos. Fiz todas as compras, ela disse, preciso apenas de vidros de conservas.

Peguei a bolsa pesada. Fomos à loja. Não conversamos nada uma com a outra. Se eu tivesse carregado um dos dois cestos iguais, provavelmente seríamos mãe e filha para os estranhos. Mas agora os passantes atravessavam no meio de nós porque havia espaço suficiente.

Na loja, mamãe pediu quinze vidros de conserva para pepinos, pimentões e beterrabas. Como você vai carregar tudo isso, perguntei. Ninguém quer você, ela disse, nenhuma fábrica e nenhum homem. O vilarejo todo já sabe que você foi demitida.

Eu carrego os vidros das verduras e as sacolas, você carrega os vidros das frutas, disse mamãe. Ela pediu mais dezessete vidros de conserva para ameixas, maçãs, pêssegos e marmelos. A mãe estava com três rugas na testa ao elencar as verduras e as frutas. Nessa hora, ela repassou as hortas e as árvores na cabeça para se lembrar de tudo. Os vidros que o vendedor colocava no balcão seguindo a ordem eram todos iguais.

Eles são uns iguais aos outros, eu disse. O vendedor embalou-os. Claro que são todos iguais, disse mamãe, mas ainda podemos dizer para que queremos os vidros. Tenho de contar a avó também, ela disse, no inverno, quando comemos as conservas, ela estará em casa afinal. Mas você não virá para casa. No trem, as pessoas disseram que você estava no terceiro mês de gravidez. Eles não me viram, eu estava sentada mais para trás. Mas aquelas do meu lado também escutaram e olharam para o chão. Eu queria ter me metido debaixo do banco.

Fomos ao caixa. A mãe cuspiu entre o polegar e o indicador e pagou. Você está olhando à toa, ela disse, o trabalho faz a gente ficar com as mãos ásperas.

A mãe colocou os cestos no chão, abriu as pernas, ergueu o traseiro e arrumou os vidros. Será que alguma vez na vida você já pensou, ela disse, na vergonha que a gente passa como mãe.

Gritei com ela: Você nunca mais vai me ver se não me deixar em paz, não diga nem mais uma palavra.

A mãe engoliu em seco. Ela falou baixinho: Que horas são.

Um dos relógios mortos de meu pai estava pendurado em seu pulso. Por que você usa isso, perguntei, ele não funciona. Ninguém percebe, ela disse, você também tem um. O meu funciona, eu disse, senão não o usaria. Quando estou com um relógio sei melhor das coisas, mesmo se ele não funcionar. Mas então por que você pergunta as horas, eu disse.

Porque não dá para conversar de outra coisa com você, a mãe falou.

A senhora Margit tinha dito: *Nincs lóvé nincs muzsika*, sem dinheiro, sem música, mas o que fazer se agora você não tem o dinheiro do aluguel. Posso esperar dois meses, que Deus a ajude, daí não fico sozinha. Não é fácil encontrar uma moça alemã ou húngara, não quero outra coisa na minha casa. Você nasceu católica e ainda vai acabar rezando. Deus tem tempo o suficiente, mais do que nós, humanos. Deus cuida de nós desde que nascemos. Apenas nós é quem precisamos de tanto tempo para enxergá-Lo. Quando eu era jovem, também não rezava. Entendo que você não queira voltar para o campo, disse a senhora Margit, apenas os tagarelas vivem lá. Se alguém não sabia como se comportar, então dizíamos em Pest: Você é um camponês.

A senhora Margit queria comprar queijo fresco no mercado. Muito caro, ela disse. Tirei uma lasquinha para provar, ela disse. A camponesa gritou: Com essas mãos sujas. Eu lavo minhas mãos mais vezes por dia do que ela por mês. O queijo estava azedo feito vinagre.

Ouvi dizer, disse a senhora Margit, que muitos camponeses colocam farinha no queijo. É pecado eu dizer isso na frente de Deus, mas Deus também sabe que os camponeses nunca foram gente decente.

Por causa do atraso do aluguel, a senhora Margit vai fazer carinho na minha cabeça, eu disse para Tereza. Ela se dá o direito. Como não recebe dinheiro pelo quarto, ela exige sentimentos. Se eu conseguir pagar o aluguel rapidamente, suas mãos não vão chegar na minha cabeça.

Tereza conseguiu aulas de alemão para mim. Eu tinha de ensinar dois garotos três vezes por semana, em casa. O pai deles era funcionário da fábrica de peles. A mãe era dona de casa. Ela é órfã, disse Tereza. Os garotos têm a mente curta. O pai ganha um bom dinheiro, não se preocupe com mais nada.

Tereza tinha conhecido o peleiro e os filhos nos banhos termais. As crianças são afetuosas, disse Tereza. Quando ela foi se vestir, o pai disse: Nós também vamos para casa.

Mas daí ele mandou os filhos saírem da cabine que servia de vestiário e voltarem mais uma vez para a água. Com seu calção molhado, ele se meteu na cabine de Tereza. Ele ofegava e pegou nos peitos de Tereza. Ela o empurrou para fora. Ela não conseguia trancar, não havia trinco. Ele ficou diante da cabine, Tereza via seus dedos debaixo da porta. Pensei que não ia dar em nada mesmo, ele disse. Afinal, foi só uma brincadeira, eu nunca traí minha mulher.

Ele gritou: Venham! Tereza escutou os pés molhados das crianças chapinharem sobre as pedras. Quando ela saiu da cabine, o peleiro tinha terminado de se vestir. Ele disse: Espere, as crianças não lhe fizeram nada, elas logo estão prontas.

Escutei gritos nas escadas. Vinham do terceiro andar. Lá ficava o apartamento onde eu devia dar minhas aulas de alemão. Diante dele, não pude bater pois a porta tinha sido tirada. Ela estava junto à parede nas escadas. Saía fumaça do apartamento.

O focinho do peleiro estava pingando e ele só balbuciava. Ele fedia a aguardente. Ele disse: Alemão sempre é bom, a gente nunca sabe o que o futuro nos reserva. Seus olhos se pareciam com as bolhas brancas das rãs. A mulher, mergulhada na fumaça, olhava pela a janela escancarada. A fumaça, parecida com travesseiros, a envolvia antes de sair para as árvores. O ar da tarde não estava fresco, ele fazia com que a fumaça caísse nos álamos velhos.

A criança menor se segurava num pano de prato e chorava. A maior colocou a cabeça sobre a mesa.

Os alemães são um povo orgulhoso, disse o peleiro, nós, romenos, somos cães malditos. Um bando covarde, a gente vê isso no suicídio. Todos se penduram com uma corda, ninguém se daria um tiro. O Hitler de vocês não ousou cruzar o nosso caminho. Vá se meter com sua mãe, gritou a mulher. O peleiro puxava o armário: Seria bom, mas onde ela está.

Havia migalhas de pão no chão da cozinha. Antes de começar a briga, as crianças estavam atirando isso.

O peleiro pendurou um cigarro no canto da boca. Ele balançou a mão e a cabeça, a chama de seu isqueiro não encontrou o cigarro. O cigarro caiu no chão. Ele olhou para o cigarro durante um longo tempo, segurou a chama torta, ela queimou seu polegar. Ele não sentiu. Ele se curvou, o braço era curto demais. A chama voltou para dentro do isqueiro. Ele olhou para os dois filhos. Eles não o ajudavam. Ele cambaleou atrás do cigarro até o corredor.

Nas escadas, a porta tombou contra o corrimão. Houve um barulhão, corri até as escadas. O peleiro estava deitado no patamar da escada, debaixo da porta. Ele saiu engatinhando e deixou a porta lá. Com o nariz sangrando, arrastou-se escada abaixo.

Ele queria carregar a porta até a rua, eu disse ao voltar à cozinha, ele saiu.

Ele arrancou a porta de raiva, disse a criança menor, depois quis bater na mamãe. Ela correu e se trancou no quarto. Ele se sentou na mesa da cozinha e bebeu aguardente. Fui chamar mamãe do quarto, porque ele estava mais calmo. Ela queria fazer sonhos. O óleo esquentou. Ele jogou a pinga sobre o fogo e no óleo. Ele disse que queria nos incendiar. A chama subiu alto, ela podia ter queimado o rosto da mamãe. O gabinete começou a pegar fogo. Apagamos rapidinho, disse a criança.

Ela está vindo pela primeira vez e justo no meio dessa loucura, disse a mulher para o filho. Ela se arrastou até a mesa e despencou sobre a cadeira.

Eu falei: Não importa. Mas importava algum tanto, como tudo o que eu não posso suportar ou mudar. E eu acariciei, como se a conhecesse, o cabelo de uma mulher estranha. Ela se perdeu sob minha mão. Ela se consumia em seu amor atado, do qual nada mais restava além de dois filhos, cheiro de fumaça e uma porta solta. E uma mão estranha no cabelo.

A mulher soluçava, senti a fera de sua alma saltando de sua barriga para a minha mão. Ela saltava de lá para cá, do jeito que eu a acariciava, só que mais rápido.

Quando anoitecer ele vai voltar, disse a criança mais velha.

O cabelo da mulher era curto. Vi seu couro cabeludo. E nos álamos, onde a fumaça tinha se embrenhado, vi uma jovem deixando o orfanato. Eu sabia onde ele ficava na cidade. Conhecia o monumento que tinha lá, junto à cerca. A mãe de ferro sobre o pedestal com o filho de ferro na barra da sua saia tinham sido moldados pelo pai de Tereza. Atrás do monumento havia uma porta marrom. Era tarde demais para o retorno da mulher. Atrás da porta, seu corpo estaria comprido demais para uma cama de criança. Ela tinha sido dispensada dos órfãos e dos anos, que do lado de fora queriam amor no ninho de peles de um homem. As cobertas, as almofadas, os tapetes, as pantufas de sua casa eram de pele, os encostos das cadeiras da cozinha, e até os pegadores de panelas.

A mulher olhou para os dois filhos e disse: O que se há de fazer, um é criatura órfã, o outro criatura de pai e mãe.

A menina vai para o quarto quando precisa chorar. Ela fecha a porta, abaixa as persianas e acende a luz. Ela senta diante do espelho da penteadeira, diante do qual ninguém ainda se maquiou. Ele tem duas portinhas, que abrem e fecham. Ele é uma janela, na qual é possível se enxergar chorando três vezes. A autopiedade fica três vezes maior do que lá fora, no pátio. O sol não consegue entrar. Ela não tem piedade, porque tem de ficar parada, sem pernas, no céu.

Ao chorar, os olhos enxergam uma menina de ninguém no espelho. Nuca, orelhas e ombros também choram. Até os dedos do pé choram, a dois braços de distância do espelho. Quando fechado, o quarto se torna tão profundo quanto a neve no inverno. Ela faz as maçãs do rosto arderem tanto quanto o choro.

O moedor de café moía alto, eu o sentia nos dentes. O fósforo estrepitou na altura da boca da mulher. A chama devorou o palitinho rapidamente e queimou em seus dedos quando o gás começou a flamejar ao redor da boca do fogão. A torneira d'água marulhava. Depois, um tufo cinza subiu da chaleira. A mulher jogou o café. Ele borbulhou sobre a borda como terra.

A criança menor segurou o pano de prato debaixo da água fria, dobrou-o e o colocou sobre a testa.

A mulher e eu tomamos café, o veado de porcelana sobre o gabinete assistia. No segundo gole, seu joelho tocou meu joelho debaixo da mesa. Ela se desculpou, embora eu tenha feito um carinho. A fumaça tinha saído, o fedor permanecia. Eu preferia não estar onde minha mão segurava a xícara.

Desçam até a areia, disse a mulher, vão brincar. Isso soava como: Se enterrem na areia, não voltem nunca mais.

O café estava forte feito tinta, a borra escorria para dentro da minha boca quando eu levantava a xícara. No meu colo havia duas manchas de café. O café tinha gosto de briga.

Eu estava sentada, curvada, e escutei os passos rápidos das crianças descendo as escadas. Baixei o olhar ao longo da cadeira e procurei minha compaixão pela mulher. A estampa de folhas do meu vestido ia até os tornozelos. Na cadeira, no lugar de minha corcunda, sentava-se, entre os cotovelos, algo sem vida com duas manchas de café no colo.

Quando os passos das crianças na escada emudeceram, eu era alguém que fazia sala à infelicidade para que ela permanecesse.

A mulher e eu encaixamos a porta. Ela segurou-a e era forte, porque pensava apenas na porta. Mas eu pensava nela: que eu iria embora e que ela ficaria sozinha atrás dessa porta.

Ela trouxe o pano de prato molhado da cozinha e limpou as manchas de sangue do marido da porta.

No caminho de casa, eu levava um gorro de pele de castor na mão e um sol de fim de tarde inteiro sobre a cabeça. A senhora Margit levava apenas lenços na cabeça, nenhum gorro de pele. Chapéus e peles tornam a mulher orgulhosa, Deus não gosta de mulheres orgulhosas.

Atravessei a ponte devagar, o rio também cheirava a fumaça. Pensei nas pedras e fiquei com a impressão de que o pensamento não estava na minha cabeça. Ele estava fora e passava ao meu lado. Ele podia se afastar de mim rápido ou depressa, conforme sua vontade, assim como das cercas dos terrenos. Antes de a ponte terminar, quis ver se, nessa hora, o rio estava deitado de bruços ou de costas. A água corria lisa entre as margens e eu pensei: Não preciso de chapéus de pele, mas de dinheiro, para que a senhora Margit não me faça carinho.

Quando cheguei ao pátio, o neto da senhora Grauberg estava sentado na escada. O senhor Feyerabend escovava os sapatos diante da porta. O neto brincava sozinho de controlador de passagens. Sentado, era passageiro. Em pé, era controlador. Ele dizia: Passagem, por favor. Com uma mão, ele puxava a passagem da outra mão. A mão esquerda era passageira; a direita, controlador.

O senhor Feyerabend disse: Venha aqui, eu sou os passageiros. Prefiro ser tudo junto, disse o menino, daí eu sei quem não está com a passagem.

Como vai a Elsa, perguntei. O senhor Feyerabend olhou para o chapéu de pele na minha mão: De onde a senhora está vindo. A senhora está cheirando a fumaça.

Antes de eu achar uma palavra, ele tinha colocado a escova no sapato, se levantado e queria passar pelo menino. A criança esticou o braço e disse: Aqui ninguém muda de vagão, o senhor fica onde está. O senhor Feyerabend ergueu o braço do menino sem dizer uma palavra, assim como se ergue uma barreira. Ele segurou o braço com força demais. Dava para ver seus dedos no braço da criança enquanto o senhor Feyerabend descia as escadas até o buxo.

Quando fomos despedidos, Edgar disse: Agora chegamos à última estação. Georg balançou a cabeça: Na penúltima, a última é a emigração. Edgar e Kurt assentiram. Acho que fiquei espantada porque isso não me surpreendeu. Eu assenti e não pensei em nada nessa hora. Foi sem querer que permitimos que essa palavra se aproximasse de nós pela primeira vez.

Escondi o gorro de pele bem no fundo do armário. Talvez no inverno ele seja mais bonito do que agora, pensei. Tereza experimentou-o e disse: Fede feito folhas podres. Eu não sabia se ela estava se referindo ao gorro sobre sua cabeça, pois pouco antes ela me mostrara a sua noz. Ela abotoou a blusa e olhou o gorro no espelho. Tereza estava brava porque eu lhe dissera que há duas semanas a noz estava menor. Ela queria que eu mentisse. Eu queria que ela fosse ao médico. Vou junto, eu disse. Ela se assustou e ergueu as sobrancelhas, o pelo duro de castor na testa enojava-a. Tereza arrancou o gorro da cabeça e cheirou-o. Não sou criança, disse Tereza.

À noite, fiquei um tempão brincando com a tortura das galinhas. O bico do galo vermelho não alcançava mais a tábua. O galo curvava o pescoço como se estivesse tonto. Ele não conseguia bicar. O barbante que devia levantar e abaixar seu pescoço pela barriga estava enrolado. A luz batia no meu braço, não chegava nas manchas de café do meu colo. O galo vermelho brilhava teimoso e estéril feito um galo dos ventos. Embora não bicasse, não parecia doente, mas satisfeito e obstinado em voar.

A senhora Margit bateu à porta e disse: Está fazendo muito barulho, não consigo rezar.

O capitão Pjele disse: Você vive de aulas particulares, de agitar o povo e de se prostituir. Tudo contra a lei. O capitão Pjele estava sentado atrás de sua escrivaninha grande, lustrosa, e eu junto à outra parede, numa mesa de pecadores, pequena, nua. Vi dois tornozelos brancos debaixo da mesa. E sobre a cabeça, uma careca tão úmida e abobadada como a cavidade da minha boca. Ergui a ponta da língua. Na língua dele, cavidade da boca é céu da boca. Vi a careca deitada sobre um travesseiro de caixão com serragem, e os tornozelos debaixo de um véu.

E, fora isso, como vão indo as coisas, perguntou o capitão Pjele. Seu rosto não estava hostil. Eu sabia que tinha de ficar alerta, pois a dureza vinha de trás, quando seu rosto ficava assim tranquilo. Tenho sorte com o senhor, eu disse. As coisas vão indo conforme suas ordens. Afinal, é para isso que o senhor trabalha.

Sua mãe quer emigrar, disse o capitão Pjele, está dito aqui. Ele sacudiu uma folha. Era algo manuscrito, mas eu não acreditava que fosse mamãe. Falei: Ela pode querer, eu estou longe disso.

No mesmo dia, perguntei para a mãe numa carta breve se a letra era sua. A carta nunca chegou.

Uma semana mais tarde, o capitão Pjele falou para Edgar e Georg que eles viviam de agitar o povo e às custas dos outros. Tudo contra a lei. Neste país, todos podem ler e escrever. Querendo, qualquer um escreve poemas sem ser inimigo do Estado ou estar numa organização criminosa. Nossa arte é o povo quem faz, nosso país não precisa de um punhado de antissociais para isso. Se vocês escrevem em alemão, vão para a Alemanha, talvez vocês se sintam em casa lá naquele lamaçal. Achei que vocês se tornariam mais ajuizados.

O capitão Pjele arrancou um cabelo de Georg. Ele o segurou sob a luminária da escrivaninha e riu. Um pouco queimado do sol, como nos cachorros, ele disse. Mas na sombra volta ao normal. Nas celas lá embaixo é fresco.

Agora vocês podem ir, disse o capitão Pjele. O cachorro Pjele estava sentado diante da porta. O senhor poderia chamar o cachorro, perguntou Edgar. O capitão Pjele disse: Por quê, ele está bem perto da porta.

O cachorro Pjele rosnou. Ele não pulou. Ele arranhou os sapatos de Georg e mordeu a barra da calça de Edgar. Quando Edgar e Georg estavam do lado de fora, no corredor, uma voz chamou atrás da porta: Pjele, Pjele. Não era a voz do capitão, disse Edgar. Talvez fosse o cachorro chamando o capitão para junto de si.

Georg passou o indicador sobre os dentes, para lá e para cá. Fez um ruído. Rimos. É assim que se faz, disse Georg, quando se é preso sem escova de dente.

Dei três aulas de alemão aos filhos do peleiro: A mãe é boa. A árvore é verde. A água corre.

As crianças não repetiam: A areia é pesada. Mas: A areia é bonita. Elas não diziam: O sol não arde. Mas: O sol brilha. Elas queriam saber como se diz em alemão operário-padrão, e como se diz caçador. Como se diz pioneiro.

O marmelo está maduro, eu disse e pensei na babá de Tereza, na língua dura do marmelo. O marmelo é peludo, eu disse. O marmelo está bichado.

Qual seria meu cheiro para essas crianças.

De marmelo, disse o filho menor, nós não gostamos. E de pele, perguntei. Uma palavra tão curta, disse o mais velho. Pelo, eu falei. Também não é maior, disse a criança.

Quando vim pela quarta vez, a mãe dos filhos estava em frente ao conjunto habitacional com a vassoura na mão. Enxerguei-a de longe. Ela não estava varrendo, seu cotovelo estava desajeitado sobre o cabo. Quando me aproximei, ela começou a varrer. Ela só olhou para mim quando a cumprimentei. Na escada havia um pacote embalado em jornal.

As coisas não estão indo bem na fábrica, ela disse, não temos mais dinheiro para as aulas. Ela apoiou a vassoura na parede, pegou o pacote e esticou-o na minha direção. Um travesseiro de pelo de marta e luvas de couro de cordeiro legítimo, ela sussurrou.

Meus braços estavam caídos, não ergui nenhuma mão. O que você está varrendo aqui, perguntei, os álamos estão lá. Sim, ela disse, mas a poeira está aqui.

O cabo da vassoura lançava a mesma sombra contra a parede que a enxada de papai no jardim, quando a filha desejava que os cardos sobrevivessem ao verão.

A mulher colocou o pacote na escada e veio atrás de mim: Espere, quero lhe dizer algo. Alguém veio aqui e falou mal de você. Não acredito em nada do que a pessoa disse, mas essas coisas não condizem com a nossa casa. Entenda, as crianças ainda são pequenas demais para isso.

A letra da mãe estava na folha que o capitão Pjele tinha abanado para mim. A mãe tinha sido convocada pelo policial do vilarejo às oito da manhã. Ele ditava, ela escrevia. O policial trancou a mãe durante dez horas em seu escritório. Ela se sentou perto da janela. Ela não teve coragem de abrir a janela. Quando alguém passava, ela batia na janela. Ninguém na rua ergueu a cabeça. Afinal, a gente sabe que não é permitido olhar lá dentro, disse a mãe. Eu também não teria olhado, porque não dá para ajudar mesmo.

Por causa do tédio, disse a mãe, tirei o pó do escritório. Encontrei um pano ao lado do armário. Achei que era melhor do que apenas ficar sentada, pensando na avó. Escutei os sinos da igreja antes de a chave ranger. Eram seis da tarde, disse mamãe. O policial acendeu a luz. Ele não viu que estava tudo limpo. Tive medo de dizer. Agora estou com remorso, ele teria ficado contente. Um homem tão jovem sozinho no vilarejo, ninguém dá uma mão para ele.

Ele me ajudou muito, disse a mãe. Estou de acordo com aquilo que ele me ditou. Sozinha eu não teria conseguido escrever daquele jeito. Com certeza deve estar com muitos erros, não tenho prática de escrever. Deve dar para entender mesmo assim, senão ele não teria podido enviar ao departamento de passaportes.

Havia calcinhas sobre a cama. Setenta peças, disse a costureira. Havia muito cristal sobre a mesa. Vou para Budapeste, ela disse, porque você não voltou para casa já que foi demitida. Aquilo não é mais minha casa, eu disse. Para a viagem, a costureira costurou para si um roupão de banho.

Durante o dia, não ficarei no quarto, mas pela manhã e à noite. Dessa vez, vou ficar uma semana. Quem perde a razão, feito sua avó, pode não ter perdido os sentimentos, ela disse. Você deveria ir para casa pelo menos por causa dela. Ela vestiu o roupão. Um alfinete pinicou sua testa. Tirei o alfinete e disse: Você tem medo de que seus filhos deixem você quando eles crescerem. Eles não vão poupá-la disso que você está jogando na minha cara.

Um grande capuz estava preso pelos alfinetes. Mergulhei o braço até o cotovelo lá dentro. Ela virou a cabeça para mim e disse: O capuz é o coração do roupão de banho. Dá para chorar sem lenço, treinei ontem à noite. Ele cobriu meu rosto e as lágrimas foram secas, eu não precisei fazer nada. Meti os dedos na ponta do capuz e perguntei: Por que você chorou.

Ela tirou o roupão de banho antes de eu conseguir puxar os dedos da ponta do capuz. Minha irmã e o marido dela, ela falou, fugiram anteontem. Talvez tenham chegado, as cartas deles mostravam esse dia. Mas o jogo me mostrou vento e chuva. Talvez tenha sido assim na fronteira, aqui estava seco e calmo.

A máquina de costura pressionava o capuz lentamente através da agulha, o carretel levava o fio. Aquilo que a costureira falava soava tão seco quanto os saltos do retrós pelo mecanismo de ferro da máquina de costura:

Espero que o agente da alfândega ainda me conheça. Para a viagem, vou vestir a mesma roupa que antes, foi o que combinamos. Prefiro, disse a costureira com um alfinete na boca, que as pessoas façam encomendas. Quando estou de volta, elas vêm buscar as coisas. Assim não me aparecem em casa os indecisos, que tocam em tudo e não compram quase nada.

Todos os alfinetes tinham sido retirados do tecido. Eles ficaram na boca da costureira como as frases, uma após a outra, antes de colocá-los ao lado de seu braço sobre a máquina. O capuz tinha sido costurado no roupão, acabamentos duplos e triplos. A costureira deu nós nas extremidades das linhas. Para que nunca mais soltem, ela disse. Ela empurrou a ponta do capuz para fora com a ponta da tesoura. Ela pendurou o capuz sobre a cabeça, as mangas ela não vestiu.

Na Hungria, dá para arranjar um anão com um nariz comprido, ela disse. Ele balança a cabeça. Se você bater nele e passar o dia indo apenas na direção indicada pelo nariz, isso dá sorte. É caro, mas dessa vez vou trazer um anão da sorte, ela disse. O capuz cobriu os olhos da costureira: o anão se chama Imré. Ele olha sempre para a esquerda ou para a direita, nunca para a frente.

Abri a carta da mãe. Por trás das dores nas costas, estava escrito: Ontem o barbeiro foi enterrado. Ele tinha envelhecido e encarquilhado tanto nas últimas semanas, você não o teria reconhecido. Dois dias antes, foi a festa da Natividade de Maria. Fiquei sentada no quintal, descansando, pois não se deve trabalhar nos feriados. Vi as andorinhas se juntando nos fios de energia e pensei, logo o verão vai terminar. Daí o barbeiro entrou no quintal. Ele estava usando dois sapatos diferentes, um mocassim e uma sandália. Ele carregava seu tabuleiro de xadrez debaixo do braço e perguntou pelo avô. Eu lhe disse: Mas ele morreu. Ele ergueu o tabuleiro e perguntou: O que eu vou fazer. Você não pode fazer nada, eu disse, o melhor é voltar para casa. Sim, sim, ele falou, mas antes quero jogar uma partidinha com ele.

Ele ficou de pé e, pelo que pude ver, ficou observando as andorinhas. Eu não estava me sentindo confortável na minha pele. Eu falei: Meu pai foi até a sua casa, ele está esperando o senhor lá. E ele foi embora.

Depois de serem despedidos, Edgar e Georg me falaram: Estamos livres como cachorros de rua. Apenas Kurt permaneceu ligado, a fim de proteger o segredo dos bebedores de sangue. Georg se mudou, provisoriamente, ele disse, para a casa de Kurt, na vila dos cúmplices.

Quando Georg passa pela vila, todos os cachorros latem, disse Kurt, de tão desconhecido que ele é por lá. Só num aspecto ele deixou de ser desconhecido: Georg começou um relacionamento com uma vizinha jovem.

Com a filha compulsoriamente sorridente de um bebedor de sangue, disse Kurt. Já na primeira noite, quando eu voltava do abatedouro, Georg veio com essa sem noção através do campo de restolhos, onde de tarde ainda havia trigo. Ambos tinham sementes de grama no cabelo.

Georg disse que se enfiou com a vizinha pelo jardim, mas foi o contrário. Ela também tentou Kurt.

Os olhos dela têm manchinhas, disse Kurt, e a bunda balança como um navio. E com ela só dá para conversar sobre a plantação de tomates. Mas mesmo em relação a isso ela só sabe o tanto que sua avó esqueceu. Ela abre as pernas para todos. No começo do ano, o policial se deitou com ela no campo dizendo que iria dar apenas uma espiadinha em como estavam as beterrabas. Edgar tinha certeza de que o policial da vila tinha mandado a mulher ficar na cola de Kurt e, depois, na de Georg.

Os dias estavam presos ao barbante dos acasos, balançavam e me derrubavam, desde que eu tinha sido demitida.

A anã com a trança de palha ainda continuava na praça Trajan. Ela embalava um sabugo de milho verde e conversava com ele. Ela o lanhou e segurou um tufo claro de cabelos do milho na mão. Ela acariciou o rosto com o cabelo do milho. Ela comeu o cabelo e as sementes leitosas.

Tudo o que a anã comia se transformava numa criança. Ela era magra e sua barriga era gorda. Os trabalhadores dos turnos tinham-na inflado sob a proteção de uma noite de primavera, que deve ter sido tão silenciosa quanto a anã era muda. Os vigias tinham ido até outra cidade atrás das ameixeiras. Os vigias tinham perdido a anã de vista ou deixado de olhar para ela de propósito. Talvez também tivesse chegado o tempo de a anã ter de morrer ao dar à luz o filho.

As árvores da cidade se tornaram amarelas, primeiro as castanheiras, depois as tílias. Desde a demissão, eu vira os galhos claros apenas num estado, não via o outono. O cheiro amargo do céu, às vezes, era meu próprio cheiro, não o do outono. Eu tinha dificuldade em refletir sobre plantas que renunciavam a si próprias quando isso era para ser feito por nós. Por isso eu as via sem olhar, até que a anã meteu na boca o cabelo do milho e as sementes leitosas desse início de outono.

Encontrei-me com Edgar na praça Trajan. Ele veio com uma bolsa branca de lona. Ela estava cheia até a metade de nozes, que ele me deu. São boas para os nervos, ele disse brincando. Coloquei um punhado de nozes no colo da anã. Ela pegou uma, meteu na boca e tentou abri-la. Ela cuspiu a noz como uma bola. A noz rolou pela praça. Em seguida, a anã pegou todas as nozes do colo, uma depois da outra, e rolou-as sobre as pedras. Os passantes riram. Os olhos da anã eram grandes e sérios.

Edgar pegou uma pedra do tamanho da mão que estava ao lado do cesto de lixo. Você tem de bater nela, ele disse à anã, dentro tem coisa que dá para comer. Ele bateu na noz. A anã fechou os olhos e balançou a cabeça.

Edgar empurrou com o sapato a noz aberta até o meio-fio e jogou a pedra no lixo.

A filha colocou uma noz na mão direita e outra na mão esquerda do pai. Ela imagina duas cabeças nas nozes: a cabeça da mãe e a do pai, a cabeça do avô e a do barbeiro, a cabeça da filha do diabo e a sua própria. O pai fecha os dedos.

Faz barulho.

Pare, disse a avó que cantava, isso irrita minha cabeça.

A filha deixa a avó que cantava fora do jogo porque o estalar irrita sua cabeça de qualquer jeito.

Quando o pai abre as mãos, a filha olha qual cabeça escapou e qual se quebrou.

Da praça Trajan, passamos pela estreita rua lateral, que era curva feito uma foice. Edgar andava rápido demais, ele tinha feito a anã chorar ao bater na noz. Ele pensava nela.

Proíbo você de fazer isso, disse Edgar, preciso voltar hoje à noite, onde vou dormir. Você precisa prometer que não vai fazer. Eu não disse nada. Edgar parou e gritou: Você escutou. Um gato subiu numa árvore. Falei: Veja, os sapatos dele são brancos.

Você não é só você, disse Edgar. Você não deve fazer nada que não combinamos. Se você for pega, todos nós vamos junto. É inútil. Edgar tropeçou numa raiz esticada feito um braço sob o asfalto.

Eu estava cansada de sua voz. Não ri porque ele tinha tropeçado, mas de raiva. Quando vocês estavam longe, nas suas escolas, eu também vivia, eu disse. Você fala por todos, mas Georg e Kurt foram a favor.

Coma suas nozes, disse Edgar, para ficar mais razoável.

Edgar morava com os pais, no campo. Eles não o repreenderam pela demissão. Antes também era assim, disse o pai de Edgar. Na época húngara, seu avô nunca pôde ser chefe da estação porque não tinha hungarizado o nome. Ele se tornou simples operário da linha e construiu o viaduto no vale. Um idiota, que escrevia o nome com sz, à la húngara, ficou com o uniforme e esquentava a bunda na cadeira de couro. E quando o trem apitava, ele se levantava e ia saltando com sua bandeirinha suja diante da porta. Ele esticava as canelas e se empertigava. Quando olhava para ele, seu avô só ria.

Quando Edgar partiu com o trem noturno pelos trilhos, enxerguei as pedras entre os dormentes. Elas não eram maiores do que nozes. Mais atrás, os trilhos corriam entre uma grama gordurosa. O céu chegava mais longe do que eles. Segui devagar na direção do trem, até o fim da plataforma. Depois, dei meia-volta.

Parei em frente ao grande relógio na estação e vi como

as pessoas se apressavam com sacolas e cestos, como o ponteiro de segundos saltava, como os ônibus passavam rentes com suas barrigas nas casas. Eu só carregava a bolsa e tinha esquecido as nozes de Edgar no banco. Voltei à plataforma. O trem seguinte estava nos trilhos. O banco estava vazio.

Havia apenas um caminho sob meus pés, o caminho até a cabine telefônica.

Tocou duas vezes, eu disse outro nome. O pai de Tereza acreditou e chamou-a.

Tereza veio à cidade, até o salgueiro de três troncos que crescia logo acima na margem do rio. Mostrei-lhe o vidro de conserva e o pincel na minha bolsa.

Mostro a casa para você, disse Tereza, mas eu não vou participar. Espero por você na outra rua. Eu tinha defecado dentro do vidro e decidido a borrar a casa do capitão Pjele. Eu queria escrever canalha ou porco na parede debaixo das janelas altas. Uma palavra curta, que é rápida de terminar.

Havia outro nome na casa onde o capitão Pjele supostamente morava. Era pouco antes da meia-noite, andávamos para lá e para cá. As pulseiras de Tereza tilintavam, eu disse: Tire-as. Em seguida, o vento bateu em todos os objetos negros. Vi pessoas onde só havia arbustos. Vi rostos em carros estacionados, onde os bancos estavam vazios. Folhas caíam sobre o caminho onde não havia árvores. Nossos passos davam trotes e se arrastavam. Tereza disse: Seus sapatos não são bons.

A lua parecia um croissant. Amanhã ela estará mais clara, disse Tereza, está crescendo, a corcova está à direita. O poste da rua fica em frente à casa. Casas assim são sempre iluminadas. Isso é bom porque dá para ver a parede da casa, mas também somos vistas.

Escolhi o lugar entre ambas as janelas centrais. Meti o pincel no bolso do casaco, desatarraxei a tampa do vidro e dei-a para Tereza. Deixei a bolsa aberta.

Está fedendo como se você já tivesse sido pega, disse Tereza. Ela foi com a tampa até a outra rua.

Quando cheguei à outra rua, ela estava vazia. Fui de cerca a cerca, de portão a portão, de árvore a árvore. Apenas no final da rua alguém saiu de um tronco de árvore como se fosse uma porta. Tive de olhar três vezes até reconhecer Tereza. Senti seu perfume.

Venha, ela disse, me puxando pelo braço, meu Deus, você demorou, o que você escreveu. Falei: Nada. Eu só deixei o vidro diante do portão da casa.

Tereza riu feito uma galinha. Seu pescoço longo, pálido, se mexia ao meu lado feito uma perna-de-pau, como se suas pernas começassem nos ombros. Ainda está fedendo, disse Tereza, você ficou empesteada. Onde está a tampa, perguntei. Na árvore onde fiquei esperando, ela disse.

De cima da ponte, jogamos o pincel no rio. A água estava preta e tão parada quanto a espera na cabeça. Seguramos a respiração e não escutamos nada cair. Eu estava certa de que o pincel não tinha chegado até a água. Respirei fundo e tossi porque as cerdas do pincel arranhavam minha garganta. Olhei para a lua de croissant e tive certeza de que o pincel estava pendurado no ar, pintando sobre esta cidade a bola preta e estriada – a noite.

Edgar estava outra vez na cidade. Esperamos por Georg durante horas na bodega. Ele não veio. Vieram dois policiais, eles foram de mesa em mesa. O proletariado das ovelhas de metal e dos melões de madeira mostrava os documentos e dizia o local de trabalho.

O louco de barba branca puxou um policial pela manga, abriu o lenço dobrado do tamanho de uma mão e disse: Professor de filosofia. O louco foi arrastado até a porta pelo garçom. Vou prestar uma queixa contra você, meu jovem, você e o policial, mas as ovelhas pastam. As ovelhas vão pegá-los, não se iludam. Hoje à noite uma estrela vai cair e as ovelhas vão pastá-los nos travesseiros feito grama.

Edgar mostrou seu documento. Professor no Liceu da Indústria Leve, lá ao lado do museu, ele disse. Eu estiquei meu documento e falei: Tradutora, e o nome da fábrica da qual tinha sido demitida. Minha cabeça estava em brasa, eu olhei fixamente para o rosto do policial para que ele não percebesse como minhas têmporas pulsavam. Ele folheou nossos documentos e devolveu-os. Edgar disse: Sorte.

Ele olhou para o relógio, tinha de pegar o trem. Fiquei sentada à mesa e vi como sua mão passou sobre o assento da cadeira vazia ao se levantar para partir. Ele empurrou o encosto junto à beirada da mesa e disse: Georg não virá mais agora.

Os trabalhadores de turnos ficaram mais barulhentos depois de Edgar ter partido. Os copos tilintavam, a fumaça dançava no ar. Cadeiras eram empurradas, sapatos se arrastavam. Os policiais tinham ido embora. Tomei mais uma cerveja, embora cada gole tivesse gosto de chá diurético.

Um homem gordo de faces vermelhas puxou a garçonete para o seu colo. Ela riu. Um desdentado mergulhou sua salsicha na mostarda e meteu-a na boca da garçonete. Ela mordeu e, mastigando, limpou a mostarda do queixo com o braço nu.

Como esses homens eram ávidos, como tentavam abocanhar amor entre os turnos, fora de casa, e logo troçavam dele. Os mesmos que seguiam Lola no parque desgrenhado, que estufaram a anã na praça em noites tranquilas. Que vendiam Jesus crucificado no saco e se embebedavam. Que traziam às esposas rins de cordeiro ou assoalho. E que davam coelhos cinza como o pó para os filhos brincarem ou para as amantes. Georg com sua tortura das galinhas também fazia parte desse grupo, o círculo dos cúmplices, também a vizinha com os olhos cheios de manchinhas, que segundo Kurt ria feito um animal açulado. Mas Kurt também não era nada diferente com seus buquês de flores do campo, que chegavam tarde demais às mãos da senhora Margit depois das longas viagens quentes, com os botões vergados. Também a costureira, que cobrava dinheiro pelo destino e colocava corações de ouro no pescoço dos filhos. Também a mulher do peleiro com seu gorro de pele. Também Edgar com suas nozes. Mas eu também fazia parte com meus bombons húngaros para a senhora Margit. E com o homem que não fazia falta depois de sua morte. O que tinha acontecido entre nós me parecia tão banal quanto um pedaço de pão que foi comido. Também o lugar de grama na floresta. E que sou o canudo de pernas abertas e de olhos fechados, que suporta as árvores com ninhos de gralhas quando ficam observando um pedaço de merda arder e congelar no chão.

O louco de barba branca voltou à bodega. Ele se arrastou até a minha mesa e bebeu o dedo de bebida que tinha sobrado no copo de Edgar. Escutei-o engolindo a cerveja e pensei no sonho que contei a Edgar:

Um pequeno patinete vermelho, com o motor ligado. Mas ele não tem motor, o homem sobre a tábua precisa dar impulso com o pé. Ele anda rápido, seu lenço se perde no percurso. Deve ser num quarto, eu tinha dito, pois o patinete anda sobre o chão de assoalho em direção a um rodapé e some no vão escuro entre assoalho e rodapé. Depois de o patinete e o homem sumirem, olhos brancos aparecem no vão. Um dos passantes, que passa por mim no assoalho, diz: Este é o patinete do acidente.

É melhor a avó sempre cantar, a mãe sempre esticar a massa sobre a mesa, o avô sempre jogar xadrez, o pai sempre arrancar os cardos, do que mudar de repente e sabe-se lá como. É melhor esses aqui congelarem desse jeito tão feio do que se tornarem outras pessoas, pensa a menina. É melhor estar em casa entre gente feia nos quartos e no jardim do que pertencer a estranhos.

Kurt veio à cidade dois dias mais tarde. Ele deu um buquê de convólvulos à senhora Margit. Eles mostravam as línguas vermelhas e cheiravam a bolo.

A vizinha dos olhos manchados, disse Kurt, bateu ontem na minha janela. Ela estava com um coelhinho no colo e disse que Georg tinha começado uma confusão com estranhos na estação da cidade. Georg está no hospital. Ontem pela manhã estive no vilarejo, disse Kurt. Do outro lado da rua, o policial me chamou. Não fui até ele, fiquei parado onde estava. Curvei-me e peguei uma folha amarela do chão. Coloquei-a na boca. O policial atravessou a rua, me deu a mão e me convidou para uma bebida em sua casa. Eu disse que não era para ele me chamar mais de você. Ele disse: Veremos. O policial mora ao lado da casa onde estávamos. Recusei a bebida. O policial ficou esperando que eu fosse embora, mas eu não saí do lugar, só virei a folha mais rápido dentro da boca. Ele não tinha mais nada a dizer, mas também não podia ir embora. Para não ver como a folha se virava dentro da minha boca, ele se curvou e amarrou seu sapato. Cuspi a folha ao lado de sua mão e deixei-o lá. Ele falou algo às minhas costas, provavelmente xingou.

Kurt e eu fomos ao hospital. Kurt deu ao porteiro uma garrafa de aguardente. Ele a pegou e disse: Ele está sozinho no quarto, no terceiro andar. Digo isso a vocês, embora não seja permitido. Não posso deixar vocês subirem.

No caminho de volta pela cidade, Kurt disse: A vizinha ganhou de Georg o coelhinho que estava segurando nos braços. Georg salvou-o de um gato no campo e deu-o para a filha de um bebedor de sangue. Ele é bonito, tão cinza como terra empoeirada. Ele tremia tanto quando Georg o trouxe. Sua pele é fininha na barriga. Pensei que as tripas iam sair quando ele pulou da minha mão.

Como a amante sabe que Georg está no hospital, perguntei. Pelo coelho, disse Kurt e riu.

Georg tinha quebrado a mandíbula. Ao receber alta do hospital, Georg disse: Conheço os rostos dos três que me bateram lá da cantina dos tempos de estudante. Mas só de vista, não sei como se chamam.

Eles o empurraram quando Georg saiu do trem. Ele escapou. Pensei que iam sair batendo, disse Georg. Eles esperaram eu chegar até em frente à estação porque achavam que havia gente demais na plataforma.

Perto do ponto de ônibus, prensaram Georg no canto entre parede e quiosque. Punhos e sapatos, não vi mais do que isso, disse Georg.

Um homem magro, pequeno, acordou Georg no hospital. Ele estava ao lado da cama, tirou a carteira do bolso do paletó, colocou dinheiro sobre a mesinha de cabeceira e disse: Estamos quites. Georg atirou-lhe na cabeça primeiro o travesseiro e depois a xícara de chá. Ele sorriu e seu cabelo pingava chá, disse Georg. Ele pegou seu dinheiro sujo da mesinha de cabeceira e foi embora. Não era nenhum daqueles que bateram.

A amante com os olhos manchados foi à cidade com seu coelho empoeirado no cesto e visitou Georg no hospital. Ela pôde subir ao quarto. O coelho teve de ficar com o porteiro. O porteiro alimentou-o com pão. A amante deu maçãs e bolo para Kurt e fez carinho em seu cabelo. Mas Georg quis saber quando ela tinha visto pela última vez o policial do vilarejo.

Ela é burra demais para mentir, disse Kurt, ela tomou um gole de chá da xícara de Georg e chorou. Georg gritou com ela. Ele jogou as maçãs e o bolo de volta no cesto e mandou-a embora. Ela deixou o coelho com o porteiro, é do doente que ela tinha visitado, ela disse ao porteiro. Ele vem buscá-lo quando tiver alta.

Quando Georg passou pela portaria, dez dias mais tarde, o porteiro bateu no vidro e mostrou-lhe o coelho. Ele estava numa gaiola em cima do porta-chapéus e comia cascas de batata. Georg fez um sinal com a mão e continuou andando. O porteiro chamou: Não demore, no sábado à noite ele será abatido.

O tribunal não aceitou a queixa contra os agressores. Não esperávamos nada diferente.

Quando Georg foi chamado ao tribunal, o funcionário já sabia quem era ele. O capitão Pjele havia tido dez dias de tempo. Georg disse: Vou tentar mesmo assim.

Onde o senhor trabalha, perguntou o funcionário. Neste país, qualquer um que esteja entediado pode entrar com queixa sem provas contra desconhecidos.

Não estou entediado, estou vindo do hospital porque fui espancado, disse Georg. E onde está o documento de alta que atesta isso, perguntou o funcionário. Não recebi porque o médico estava num casamento quando tive alta, disse Georg.

Georg estava com o documento de alta no bolso, mas lá estava escrito: Gripe de verão com mal-estar.

O senhor está sofrendo, disse o funcionário, mas é de preguiça, imaginação e alucinação persecutória. Leve o papel de volta, o senhor tem sorte de a sua doença não estar escrita aí. O senhor se sente inocente. Mas ninguém é espancado sem motivo.

Georg passou esse dia na bodega ao lado da estação. Ele tinha comprado um bilhete até a casa dos pais. Quando chegou à plataforma com o bilhete na mão, ele se sentou num banco. Ele viu as pessoas erguendo cestos e sacolas na escada e embarcando. As portas estavam abertas, as cabeças estavam penduradas uma atrás da outra para fora das janelas dos vagões. As mulheres comiam maçãs, as crianças cuspiam na plataforma, os homens cuspiam em seus pentes e se penteavam. Georg foi tomado por um sentimento de repugnância.

As portas foram fechadas. O trem apitou, as rodas giraram, aqueles que tinham embarcado olhavam para trás, para a plataforma.

Georg disse que não queria ir ter com uma costureira sardenta, que costura e passa a ferro e diz que o filho é uma existência fracassada. Que envia ao filho, por trás das costas do marido, um pouco de dinheiro e muitas reprimendas num mesmo envelope. E ele não queria ir ter com um pai aposentado, que se preocupa mais com sua bicicleta do que com o filho. Georg também não queria voltar à casa de Kurt no vilarejo dos cúmplices. Ele nunca mais queria ver a vizinha com os olhos manchados.

Eu também não queria ir à casa dos pais de Edgar nem à casa da senhora Margit, disse Georg. Eu só tinha o desejo de não carregar minhas pernas nem por mais um passo sobre a Terra. Fui à sala de espera, cansado e vazio, mostrei meu bilhete ao guarda e me deitei num banco. Adormeci imediatamente, feito um volume esquecido da bagagem. Dormi profundamente até que o dia clareou e um policial fez seu trabalho com o cassetete. Aqueles que esperavam falavam do trem da manhã. Todos tinham um destino.

Recém-acordado, Georg foi ao departamento de passaportes, sem ter dito nem uma palavra para Edgar, Kurt e para mim.

Eu não queria saber dos consolos vindos de vocês, disse Georg, eu não queria escutar as palavras lenitivas da boca de vocês. Eu odiava vocês, eu estava tão perturbado que não podia ver vocês. Simplesmente pensar em vocês já me fazia arder de raiva. Eu queria vomitar vocês e mim mesmo para fora da minha vida porque percebia como éramos dependentes. Dessa maneira, sem nem notar o caminho, acabei no departamento de passaportes e preenchi como um bêbado, ao lado do guichê, o formulário para a emigração e o entreguei imediatamente. Rápido, antes que o capitão Pjele pudesse aparecer diante de meus olhos. Enquanto escrevia, fiquei com a sensação de que ele me olhava de dentro do papel.

Georg não sabia mais direito o que tinha escrito.

Mas preferia estar fora deste país hoje mesmo, ele disse, isso certamente está escrito no formulário. Agora me sinto melhor, sou quase um ser humano. Depois de entregar o formulário eu mal conseguia esperar para ver vocês.

Georg colocou a mão sobre minha cabeça e com a outra puxou o lóbulo da orelha de Edgar.

Foi a sua própria insegurança, disse Edgar, você mesmo teve de se iludir. Nenhum de nós teria dito uma única palavra contra sua emigração.

A costureira não voltou mais da viagem à Hungria. Ninguém tinha imaginado, disse Tereza. Ler cartas tinha tornado a costureira um enigma para todos. Tereza estava magoada, ela tinha encomendado um trevo de quatro folhas para sua correntinha de ouro e não sabia nada sobre a intenção de fuga da costureira.

Agora a avó está no apartamento com as crianças, disse Tereza. Ela estava sentada junto à máquina de costura quando Tereza entrou, como se sempre tivesse sido assim. As crianças chamavam ela de mãe e durante um tempo Tereza ficou em dúvida se aquela não era a costureira de verdade. A mulher é como a costureira, disse Tereza, só que uns vinte anos mais velha. A gente se assusta com uma semelhança dessas. A avó fala húngaro com as crianças, você sabia que a costureira era húngara, por que ela escondeu isso. Porque nós não falamos húngaro, eu disse. Mas nós também não falamos alemão, disse Tereza, e apesar disso sabemos que você é alemã. As crianças ainda não sentiram que a mãe foi embora. Por quanto tempo elas conseguirão falar, sem chorar: Mamãe está em Viena, economizando para comprar um carro.

A noz debaixo do braço de Tereza era tão grande como uma ameixa e começou a amadurecer, azulada, no meio. A bétula com a maçaneta no tronco olhava para o quarto. Tereza fez um vestido, eu tinha de ajudá-la. Costurar as casas dos botões e os pontos na bainha de baixo.

A linha dos botões fica tão grossa comigo que parece que não dá para usar, disse Tereza, a bainha enruga.

O namorado de Tereza, o médico, que eu tinha visto apenas uma vez na cidade com Tereza, trabalhava no hospital do partido. Ele tinha turnos diurnos e noturnos. Ele tratava da coluna do pai de Tereza, das varizes da mãe de Tereza e da esclerose da avó de Tereza. Ele não queria examinar Tereza.

Dia e noite, só vejo doentes, ele disse para Tereza, estou cansado. Não quero brincar de doutor com você também. Ela tinha de ir ao médico de sempre, ele disse. Quando Tereza lhe contava a opinião do outro médico, ele dizia: Ele deve saber, e balançava a cabeça. Se era possível acreditar que Tereza tenha ido algum dia a outro médico, ele teria dito: O caroço só pode ser extraído quando tiver terminado de crescer.

Acho esquisito isso de o homem que eu amo não querer me examinar, disse Tereza. Mas seria desagradável para mim se ele me tratasse. Daí eu seria como todas cuja carne passa por suas mãos, eu não teria mais segredos.

A mão branca de porcelana com as joias de Tereza estava sobre a mesa, ao lado havia restos de tecidos.

Quando me deito com ele, disse Tereza, fico de blusa para que ele não veja a noz. Ele se deita sobre mim e, ofegando, chega ao objetivo. Em seguida, se levanta num salto e fuma, e eu quero que ele continue deitado mais um pouco comigo. Ambos pensamos na noz. Ele diz que sou infantil quando pergunto: Por que você se levanta tão rápido. Agora eu não pergunto mais nada, disse Tereza, mas isso não quer dizer que eu parei de me importar.

Coloque o vestido, disse Tereza, talvez caiba em você. Você sabe que ele é muito grande para mim, eu disse.

Eu não teria entrado nele mesmo se me coubesse. A noz estava lá. Mesmo que estivesse apenas segurando o vestido para costurá-lo, eu imaginava que estava costurando a noz em mim. Que a noz caminha ao longo do fio por todo o meu corpo.

Enquanto eu aprontava as casas dos botões, Tereza estava certa de que seu vestido não me agradava.

O pai de Tereza tinha ido ao sul do país por doze dias, a fim de moldar monumentos. Por isso eu podia ir à casa dela. A mãe de Tereza foi encontrá-lo mais tarde, para estar ao seu lado na inauguração do monumento.

A avó não devia saber que eu estava lá. Tereza chamava-a até o jardim até eu entrar no quarto. Ela não tem nada contra você, disse Tereza, às vezes ela pergunta por você. Há alguns anos ela teria ficado em silêncio. Mas desde que ela está esclerosada, ficou com a língua solta.

Na carta da mãe havia trezentos *lei* para o aluguel. Por trás das dores nas costas, estava escrito: Vendi batatas e economizei para que você não faça nada de ruim para ganhar dinheiro. Agora as noites já começam a esfriar, ontem acendi o fogo pela primeira vez. A avó ainda dorme fora. Os tratoristas que vão ao campo arar no meio da noite geralmente a veem atrás do cemitério. Talvez isso a atraía, seria bom.

Ontem o pastor veio falar comigo, com a cabeça feito um pimentão. Pensei, Esse entornou demais, mas estava vermelho de raiva. Ele disse: Meu Deus, isso não dá mais. A avó se esgueirou ontem para dentro da sacristia, nas costas do coroinha. Quando o padre subiu no altar, ela apontou para o hábito escuro e o colarinho branco dele. Você também é uma andorinha, ela disse, vou me vestir e depois podemos voar.

As duas gavetas do armário da sacristia estavam vazias, a avó tinha comido todas as hóstias. A missa estava começando. Seis pessoas tinham se confessado, disse o padre. Elas foram ao altar para a comunhão e se ajoelharam de olhos fechados. Ele tinha de cumprir sua obrigação diante de Deus. Ele passou por todas com o cibório, no qual havia apenas duas hóstias mordidas. Elas abriram a boca para receber a hóstia. Como sempre, ele tinha de dizer o corpo de Cristo. Ele colocou as hóstias mordidas sobre a língua das duas primeiras. Nas quatro seguintes, ele disse o corpo de Cristo e apertou o polegar sobre suas línguas.

Tive de me desculpar, escreveu a mãe. Lamento muito, disse o padre, eu tenho de comunicar isso ao bispo.

Georg se mudou para a casa dos pais de Edgar.

A vizinha com os olhos manchados como que desapareceu da face da Terra, disse Georg. O policial fisgou-a. Ela colheu o que plantou, só que a grama mira o céu. O que posso fazer o dia inteiro na casa do Kurt, escurece tão cedo. Kurt fica no abatedouro até a tardinha. À noite, ele nos fritava quatro ovos, tomávamos conhaque para a digestão. Depois, ele ia para a cama com as mãos sujas. Enquanto Kurt dormia, eu caminhava com a garrafa de aguardente por toda a casa. Os cachorros latiam do lado de fora e alguns pássaros noturnos piavam. Ficava escutando e tomava toda a garrafa. Quando já estava meio bêbado, eu abria a porta da casa e olhava para o jardim. Havia luz na janela da vizinha. Enquanto estava claro do lado de fora, o jardim ressecado continuava lá e eu não tinha nada que ver com ela. Mas quando escurecia, eu queria ir até ela. Trancava a porta da casa e colocava a chave grande sobre o peitoril da janela. Eu queria mesmo era destrancar de novo para correr em ziguezague pelo jardim e bater na janela do outro lado. Ela esperava que eu fosse alguma noite. Toda noite era uma tortura. Apenas a chave grande sobre o peitoril me segurava. Por um fio não me deitei novamente em sua cama.

Quando Kurt dizia algo durante o jantar, falava era sobre canos, canais e vacas. E, naturalmente, sobre beber sangue. Eu não conseguia engolir mais nada quando Kurt falava sobre beber sangue e comia. Mas ele achava apetitoso dizer: Quanto mais frio lá fora, mais bebem sangue. Ele limpava o meu prato também e raspava a frigideira.

Durante o dia, eu precisava sair de casa, disse Georg, para um lugar qualquer, senão ficaria maluco. A rua do vilarejo era morta, saí do vilarejo pela outra direção. Não havia nenhum lugar onde eu já não estivera três vezes. Vagar sem rumo pelos campos não fazia sentido. A terra estava molhada de orvalho e por causa do frio não secava mais. Tudo havia sido derrubado, arrancado, capinado, amarrado. Apenas o mato continuava lá, amadurecendo até as raízes. Ele espalhava suas sementes. Eu apertava os lábios e havia sementes de grama no pescoço, nos ouvidos e nos cabelos. Elas pinicavam e eu tinha de me coçar. Gatos gordos ficavam de tocaia no meio do mato. Os pedúnculos não faziam ruídos. Os coelhos velhos ainda conseguiam fugir. Seus filhotes tropeçavam, era o fim. Não era meu pescoço que era mordido. Eu passava por eles com frio e sujo feito uma toupeira, nunca mais vou salvar um coelho.

É verdade, disse Georg, esses gramados são bonitos, mas no meio, para onde quer que se olhe, os campos, parece, abrem o focinho. O céu se dissipou, a terra colava nos sapatos. As folhas, os pedúnculos e as raízes da grama estavam vermelhos feito sangue.

Edgar veio à cidade sem Georg. Na noite anterior, Georg ainda estava animado por finalmente sair de novo do vilarejo, ver asfalto e bondes em vez de sujeira e grama. Pela manhã, demorou-se e não se aprontou.

Georg não queria ir rápido, Edgar percebeu que Georg queria perder o trem. No meio do caminho, ele parou e disse: Vou voltar, não irei à cidade.

Ficar se lamentando sobre a solidão na casa de Kurt era apenas uma desculpa, disse Edgar. Agora ele não está sozinho, fico o dia inteiro em casa e meus pais também. Mas não dá para conversar com Georg. Ele parece um fantasma.

Georg acordava lá pelas cinco manhã, vestia-se e sentava-se à janela. Quando os pratos e os talheres faziam ruído, ele pegava sua cadeira e vinha até a mesa. Depois de comer, ele carregava a cadeira de volta à janela. Ele olhava para fora. Lá estava sempre a mesma madeira nua da acácia, o canal, a ponte, sujeira e grama, mais nada. Quando chega o jornal, ele perguntava. Depois que o carteiro passava, ele nem tocava no jornal. Ele esperava por uma notícia do departamento de passaportes. Quando Edgar ia passear ou ia à loja do vilarejo, ele não o acompanhava. Não vale a pena calçar os sapatos, ele dizia.

Aos poucos, meus pais estão ficando exaustos, disse Edgar. Não por causa de comer e dormir, isso ele paga, embora meus pais nem queiram o dinheiro. Minha mãe diz: Ele mora aqui conosco, e nós o perturbamos, ele não tem modos.

A cada dia era mais difícil para Edgar dizer aos pais que ele conhece um Georg diferente, que ele ficou tão obstinado assim porque a cabeça está cheia de preocupações. Eles diziam: Por quê, afinal ele logo vai ter o passaporte.

Começou nessa manhã de outubro, quando Georg voltou na metade do caminho, e Edgar foi sozinho à cidade, um dia complicado.

No trem havia um grupo de homens e mulheres que cantavam canções de igreja. As mulheres seguravam velas acesas nas mãos. Mas as canções não eram carregadas e pesadas como na igreja. Elas combinavam com o chiado e o balanço do trem. Os cantores moviam-se juntos, ritmicamente. As mulheres cantavam com vozes agudas, finas, como se estivessem sendo ameaçadas, como se fossem lamentos em vez da voz solta. Seus olhos saltavam da cara. Elas moviam as velas em círculos tão grandes que dava medo de o vagão pegar fogo. Os que subiam sussurravam entre si dizendo que se tratava de membros de uma seita do vilarejo vizinho. O controlador de bilhetes não veio até o vagão, os cantores não queriam ser incomodados e o subornaram. Lá fora, passava o campo, o milho seco, esquecido, e hastes pretas de girassóis sem nenhuma folha. E em meio a esse desolamento, depois de uma ponte, onde havia arbustos, um cantor puxou o freio de emergência. Ele disse: Temos de rezar aqui.

O trem parou e o grupo desceu. Nos arbustos, diante dos quais o grupo se postou, ainda havia tocos de velas da última vez. O céu estava baixo, o grupo cantava e o vento apagava as velas acesas. Os indiferentes, que tinham ficado no vagão, se apertavam nas janelas e olhavam para fora.

Um homem e Edgar tinham ficado sentados. O homem tremia, retorcia os dedos até os punhos. Ele se bateu nas coxas e olhou para o chão. De repente, arrancou o boné e começou a chorar. Estão me esperando, ele falou em voz alta para si mesmo. Ele apertou o boné contra o rosto. Ele amaldiçoou a seita e disse: Todo o dinheiro jogado fora.

Depois de o grupo da seita ter entrado novamente, o trem voltou a andar devagar. O homem que chorava abriu a janela e esticou a cabeça para fora. Seus olhos queriam diminuir as distâncias ao longo do leito vazio da via. O homem recolocou o boné e suspirou. O trem não tinha pressa.

Pouco antes da cidade, as mulheres assopraram suas velas e guardaram-nas nos bolsos dos casacos. Seus casacos e os bancos estavam respingados de cera, pingos como gordura fria.

O trem parou. Os homens desceram, atrás deles as mulheres. Atrás das mulheres, os indiferentes.

O homem que chorava levantou-se, atravessou o vagão até os fundos e olhou para a plataforma. Em seguida, voltou, sentou-se no canto e acendeu um cigarro. Na plataforma havia três policiais. Quando todos tinham descido, eles subiram no vagão e empurraram o homem para a plataforma. Seu boné ficou no chão, eles levaram o homem. Uma caixa de fósforos caiu do seu casaco. O homem se virou mais uma vez para Edgar. Edgar pegou a caixa de fósforos e guardou-a no bolso.

Ele parou em frente ao grande relógio da estação. O vento estava cortante. Ele olhou para o canto onde Georg apanhou. Entre o quiosque e a parede revolviam-se folhas secas e papel. Edgar desceu a rua até a cidade. Ela estava em todo o lugar, quando não se tem destino.

Edgar foi ao barbeiro. Porque pela manhã há pouca clientela, disse Edgar. E depois ele disse: Como eu não sabia o que fazer, meu cabelo começou a me incomodar. Eu queria entrar rápido no calor, estava com a impressão de que alguém que não sabia nada de mim tinha de me cuidar um pouco.

Edgar ainda chamava o cortador de cabelos da época de estudante de "nosso barbeiro". Naquela época, Edgar, Kurt e Georg iam juntos ao homem de olhos espertos, porque a três era melhor suportar o descaramento do barbeiro. E porque ele só era descarado até a hora de começar a cortar. Em seguida ele ficava quase tímido, ou em silêncio.

O barbeiro estendeu a mão a Edgar: Ah, o senhor está de volta à cidade. E os dois vermelhos, ele disse. Seu rosto não tinha envelhecido. Agora muitos não vêm até o começo do ano, ele disse. Colocam bonés e bebem o dinheiro do barbeiro.

O barbeiro tinha uma unha comprida no indicador direito, todas as outras eram curtas. Com a tesoura, ele dividiu o cabelo de Edgar em mechas. Edgar escutou a tesoura batendo, seu rosto ficou cada vez menor, o espelho se afastou. Edgar fechou os olhos, sentiu-se mal.

O barbeiro não tinha perguntado como eu queria o corte, disse Edgar. Ele me tosou por todos aqueles que não apareceriam mais até a chegada do começo do ano. Quando levantei da cadeira, meu cabelo estava curto como pelo.

Enxergávamos muitas coisas de maneira tão similar quanto antes, quando Edgar, Kurt, Georg e eu ainda éramos estudantes. Mas a infelicidade afetou a cada um de um jeito diferente desde que fomos espalhados pelo país. Permanecemos dependentes uns dos outros. As cartas com os fios de cabelo não tinham servido para nada além de permitir ler o medo da própria cabeça na letra do outro. Cada um tinha de dar conta por si mesmo das bardanas, dos picanços, do sangue bebido e das máquinas hidráulicas, de abrir os olhos e fechá-los ao mesmo tempo.

Quando fomos demitidos, vimos que a falta dessa perturbação confiável era pior do que estar sob sua pressão. Pois, empregados ou demitidos, éramos fracassados para o nosso entorno e nos tornávamos fracassados também para nós. Embora soubéssemos de todos os motivos e os defendêssemos, nós nos sentíamos assim. Estávamos sem força, cansados dos boatos sobre a morte próxima do ditador, cansados da morte nas fugas, cada vez mais próxima dos obcecados pela fuga, sem que percebessem.

O fracasso nos parecia tão natural quanto respirar. Era o que tínhamos em comum, como a confiança. E, mesmo assim, cada um acrescentava para si, em silêncio, algo mais: o próprio fracasso. Nele, cada um tinha uma imagem ruim de si mesmo e explosões de vaidade torturante.

O dedão cortado de Kurt, o maxilar quebrado de Georg, o coelho cinza feito pó, o vidro de conserva fedido em minha bolsa – isso pertencia a cada um de nós. Os outros também sabiam.

Cada um de nós imaginava como largar os amigos por meio do suicídio. E os censurávamos, sem nunca dizer, por termos pensado neles e, por isso, não chegarmos até o fim. Dessa maneira, todos se justificavam e tinham nas mãos o silêncio que culpava o outro, porque a pessoa e o outro viviam em vez de estarem mortos.

O esforço em nos salvar era paciência. Nunca poderíamos perdê-la ou tínhamos de recuperá-la imediatamente onde houvesse esgotado.

Quando Edgar caminhou pela praça, recém-tosado, ele escutou patas de cachorro atrás de seus sapatos. Ele parou e deixou o homem e o cachorro passarem. O cachorro era o sagaz Pjele, disse Edgar. O homem com o chapéu preto, ele não o conhecia. O cachorro farejou o casaco de Edgar e rosnou. O homem puxou-o pela guia para longe de Edgar, o cachorro deixou-se levar e virou a cabeça para olhá-lo. No semáforo seguinte, essa pessoa e o cachorro estavam novamente atrás de Edgar. No verde, eles atravessaram a rua, mas foram para o parque. Alguém devia estar esperando pelo cachorro por lá, pois pouco depois apenas o homem subiu no bonde atrás de Edgar.

Edgar disse: Pensei que aquele sujeito com o cachorro não era gente e eu, apesar do pelo, não era cachorro. Mas é assim que nos parecemos.

Depois de Georg ter voltado a metade do caminho até a estação, ele chegou esbaforido ao quarto. Provavelmente tinha corrido. A mãe de Edgar perguntou: Do que você se esqueceu. Georg disse: De mim. Ele colocou a cadeira junto à janela e olhou para o dia vazio.

Pouco antes do almoço o carteiro bateu à porta. Além do jornal, ele trazia uma carta registrada. Georg não se mexeu. O pai de Edgar disse: A carta é para você, você precisa assinar.

No envelope havia o informe sobre o passaporte. Georg foi com a carta até seu quarto, fechou a porta, se deitou na cama. Os pais de Edgar escutaram seu choro. A mãe de Edgar bateu e lhe trouxe chá. Georg mandou-a embora com a xícara.

Quando os pratos fizeram ruído, ele não veio comer. O pai de Edgar bateu e lhe trouxe uma maçã descascada. Ele colocou a maçã lá e não disse nada. A cabeça de Georg estava coberta com um travesseiro.

Os pais de Edgar foram ao quintal. A mãe alimentou os patos, o pai cortou lenha. Georg pegou a tesoura e ficou diante do espelho. Ele picotou o cabelo.

Quando os pais de Edgar saíram do quintal e entraram na sala, ele estava junto à janela. Ele parecia um animal mordido. O pai de Edgar levou um susto, mas ficou calmo. Ele perguntou: Para que isso.

Quando vi Georg pela primeira vez, eu disse: Você não pode viajar assim, vá ao barbeiro. Ele disse: Quando eu estiver na Alemanha, não vou fazer nada por vocês. Vocês escutaram, não vou mexer um dedo por vocês.

Kurt, Georg e eu vimos as entradas onde Georg tinha tosado até o couro cabeludo. Kurt disse a Edgar: O seu cabelo também está esquisito.

Quando uma menina não sabe como o dia vai terminar, ela entra no quarto com a tesoura. A menina desce as persianas e acende a luz. Ela se coloca diante da penteadeira e corta o cabelo. A menina se vê três vezes no espelho e o cabelo da testa fica torto.

A menina acerta os lugares tortos e depois são os lugares ao lado que ficaram tortos. A menina acerta os lugares ao lado e daí são os anteriores que estão tortos.

Em vez de franja, a menina fica com uma escova torta sobre o rosto, a testa está nua. A menina chora.

A mãe bate na filha e pergunta: Por que você fez isso. A menina diz: Porque não me suporto.

Todos na casa aguardam que da escova torta renasça a franja. A menina é a que mais espera na casa.

Vêm outros dias. A franja cresce.

Certo dia, porém, a menina de novo não sabe como o dia vai terminar.

Há muitas fotos de árvores de inverno nuas e de árvores de verão frondosas. Diante das árvores, há bonecos de neve ou rosas. E bem no primeiro plano das fotos há uma menina, e ela sorri tão torto quanto a escova sobre seu rosto.

Na caixa de fósforos do homem do trem havia o desenho de uma árvore e uma fogueira riscada ao meio. Embaixo, estava escrito: Proteja as florestas. Edgar colocou a caixa de fósforos na cozinha. Dois dias depois, sua mãe disse: Debaixo dos fósforos há números.

Havia trens de carga estrangeiros no pátio de manobras, disse Edgar, o homem queria atravessar a fronteira.

Os números na caixa pareciam de lugares distantes. Edgar encheu a caixa com fósforos até em cima. Ele colocou as cabeças vermelhas dos fósforos umas sobre as outras. Ele empurrou a tampa até a metade, como um cobertor sobre uma cama: Quando você estiver na Alemanha, ligue para lá.

Georg empurrou a tampa sobre as cabeças. Com seu cabelo picotado, com o qual era difícil se acostumar, ele estava parecendo um hóspede. Ainda não fui embora, disse Georg. Se eles não me jogarem do trem em movimento, vou ligar para o número.

Nunca soubemos se Georg ligou. Ele não recebeu o passaporte no guichê. Ele foi enviado ao capitão Pjele. O capitão Pjele fez de conta que não percebeu que o cabelo de Georg estava picotado. Ele disse: Sente-se, senhor. Ele chamou Georg de senhor pela primeira vez.

O capitão Pjele colocou uma declaração e uma esferográfica sobre a mesinha e sentou-se à sua mesa grande. Ele esticou as pernas e empurrou a cadeira para trás. Só uma assinatura rápida, disse o capitão Pjele. Na declaração, Georg leu que ele não faria nada no exterior que pudesse prejudicar o povo romeno.

Georg não assinou.

O capitão Pjele recolheu as pernas e levantou-se. Ele foi até o armário e tirou um envelope. Ele colocou o envelope sobre a mesinha. Abra, senhor, disse o capitão Pjele. Georg abriu o envelope.

Isso aqui seria útil agora, disse o capitão Pjele, eu poderia escrever cartas para o senhor.

No envelope havia cabelos ruivos. Não meus, disse Georg, acho que eram de Kurt.

Georg entrou no trem três dias mais tarde. Ele estava com a caixa de fósforos no bolso do casaco. Ele não foi jogado do trem em movimento. Ele chegou à Alemanha.

Antes da partida, ele disse: Nunca mais escreverei cartas, só postais. O primeiro ele escreveu aos pais de Edgar: Uma alameda no inverno com árvores nodosas ao longo do rio. Ele agradecia ter podido morar com os pais de Edgar. O postal levou dois meses para chegar. Quando caiu na caixa de correio do portão, já era uma paisagem abandonada.

Duas semanas antes, o carteiro tinha batido à porta. Edgar assinou confirmando o recebimento do telegrama.

Seis semanas depois da partida, Georg estava deitado no asfalto de Frankfurt, cedo pela manhã. No quinto andar do abrigo provisório havia uma janela aberta.

O telegrama dizia: Morte súbita.

Quando o postal com a letra de Georg caiu na caixa de correio, Edgar, Kurt e eu já tínhamos levado um anúncio fúnebre por duas vezes até o jornal.

Da primeira vez, o redator assentiu com a cabeça e pegou a folha na mão.

Da segunda, o redator nos pôs para fora aos berros. Antes de irmos, deixamos a folha ao lado de seus óculos sobre a mesa.

Da terceira, não passamos da portaria.

O anúncio fúnebre nunca foi publicado.

O postal de Georg estava no quarto da casa dos pais de Edgar, atrás dos vidros da estante. A alameda de inverno olhava para a cama. Quando a mãe de Edgar se levantava pela manhã, ela caminhava descalça pelo piso até o vidro da estante e olhava para a alameda de inverno. O pai de Edgar dizia: Vou colocá-lo na gaveta. Vista-se. A mãe de Edgar se vestia, mas o cartão continuava na estante.

A mãe de Edgar deixou de usar a tesoura de costurar com a qual Georg tinha picotado o cabelo.

Desde a morte de Georg, não consegui mais me deitar no escuro. A senhora Margit dizia: Se você dormir, a alma dele também ficará em paz, quem vai apagar a luz. Mesmo sem conseguir dormir, no escuro descansamos melhor.

Eu escutava a senhora Margit pela porta do quarto. Ela gemia ao pensar ou ao dormir. Meus dedos ficavam para fora da coberta nos pés da cama. A tortura das galinhas estava sobre minha barriga. O vestido sobre a cadeira transformava-se numa mulher bêbada. Eu tinha de tirá-lo de lá. A meia-calça estava pendurada no encosto da cadeira como se fossem pernas cortadas.

No escuro, eu estaria deitada dentro de um saco. Naquele com o cinto, naquele com a janela. E naquele que não se tornou meu com as pedras.

A senhora Margit dizia: Provavelmente alguém o empurrou para fora. Acho que tenho sensibilidade para as pessoas.

Georg não parecia disso. Ele nunca mais vai se levantar. Se foi assassinato, Deus o está levando pela mão. No suicídio, vamos à fogueira. Vou rezar por ele.

Bem no fundo do armário, Kurt encontrou nove poemas de Georg. Oito deles se chamavam: "Picanço". E o último: "Quem consegue dar um passo com a cabeça".

Edgar sonhava muitas vezes a mesma coisa: Kurt e eu estávamos deitados numa caixinha de fósforos. Georg, em pé na ponta da caixa, dizia: Vocês estão numa boa. Ele empurrou a tampa até nossos pescoços. No sonho, a árvore sobre a tampa da caixinha de fósforos era uma faia. Ela farfalhava. Georg disse: Durmam, eu protegerei a floresta. Depois é a vez de vocês. O fogo ardia na extremidade da caixinha de fósforos.

Desde a morte de Georg, Kurt faltava ao emprego. Em vez de ir ao abatedouro, ele ia à cidade.

A vizinha com os olhos manchados passou pelo jardim tarde da noite e bateu à porta de Kurt. Você está doente, ela perguntou. Mas você não está na cama.

Kurt disse: Como você vê, estou parado na porta.

Os cachorros latiam no vilarejo porque o vento batia nas calhas dos telhados. A vizinha tinha apagado a luz da casa em frente. Sua janela estava escura. Ela estava usando roupas leves demais e se enrolou nos próprios braços. Ela estava usando chinelinhos de verão bordados com salto de cortiça. Por causa das grossas meias de lã, eles ficaram pequenos demais para ela, os calcanhares estavam de fora.

Ela queria que Kurt desse o endereço de Georg na Alemanha. Ela queria ficar em pé sem se mexer, mas tremeu e tombou. A luz caiu sobre seus chinelinhos. Na escuridão, suas pernas emergiram das meias brancas tão finas como uma cabra branca. Ela não estava usando meias.

Kurt perguntou: Para que você quer o endereço, ele nem se despediu de você.

Ela encolheu o pescoço: Nós não brigamos, eu precisava de remédios.

Então vá ao médico, disse Kurt.

Para que Kurt não fosse demitido, Tereza lhe trouxe um atestado médico no qual Kurt podia escrever seu nome. O atestado tinha custado um pacote de Marlboro. Quando Kurt quis pagá-lo, Tereza disse: Roubei-o do armário do meu pai.

Por trás das dores nas costas, a carta da mãe dizia: Estou com os formulários grandes. O policial preencheu-os para mim e para vovó. Ele disse que você ainda precisa preencher, que você sabe romeno o suficiente. Eu disse que você talvez nem queira ir junto. Nesse caso, tudo vai demorar mais, ele acha. Ela vai refletir a respeito, disse o tio da relojoaria. Ele adoraria ir no seu lugar, mas como.

Expliquei tudo para a avó, ela tinha de assinar também. Não dá para ler a assinatura, mas é a letra dela. Seria pior se desse para ler, pois ela não sabe mais como se chama.

Ela cantou um pouquinho. Estou aliviada por não saber o que se passa na cabeça dela quando ela me olha feito um furão.

Hoje, na sala da frente, vendi os móveis. Não queriam o tapete, está roído pelas traças. Vou mandar dinheiro para você pagar dois aluguéis. Depois você tem de se arranjar. Não quero que você fique aqui. Você ainda tem uma vida pela frente.

Preenchi as lacunas dos formulários: nascimento e escolas, local de trabalho e em qual exército o pai serviu. Escutei suas canções sobre o Führer. Vi a enxada no jardim e as plantas mais idiotas. Não sabia se na Alemanha também existiam cardos. Soldados da SS de volta para casa havia aos montes.

O avô, o barbeiro, o tio da relojoaria, o pai, o padre e o professor chamavam a Alemanha de pátria. Embora fossem os homens, pais, que tivessem marchado através do mundo pela Alemanha, ela era a mãe-pátria.

Georg também aplainou o caminho para a minha saída e a de Edgar. Sair do beco, ele tinha dito naquela época. E seis semanas depois ele estava esticado no asfalto no inverno de Frankfurt.

Os picanços ficaram no armário de Kurt, dentro de um sapato. No lugar deles, Georg voou pela a janela do beco para dentro do saco. A poça, na qual sua cabeça estava deitada, talvez refletisse o céu. Todos tinham um amigo em cada pedacinho de nuvem... e, mesmo assim, Edgar e eu viajamos atrás de Georg. Edgar também entrou com o pedido de emigração. O telegrama com a morte de Georg estava no bolso de sua jaqueta.

Kurt não se sentia pronto para emigrar. Não tem sentido ficar aqui, disse ele, mas vão vocês primeiro. Eu vou depois. Ele se balançava na cadeira, o chão estalava no ritmo da falta de perspectiva. Nenhum de nós conseguia assustar a falta de perspectiva.

Sou um cúmplice dos bebedores de sangue, disse Kurt, por isso não sou demitido. Quando vocês estiverem fora, eles vão me pegar. Desde o verão os presos são levados, em ônibus, dos fundos do abatedouro para o campo. Eles cavam uma vala. Quando estão cansados, os cachorros os atacam. Eles são carregados até o ônibus e ficam deitados lá até que o ônibus volte para a cidade, às seis. Dois bebedores de sangue me pegaram no flagra, disse Kurt, foram os primeiros a saber. Talvez os outros também saibam. Os filmes estão atrás do armário. Foi assim que encontrei também os poemas de Georg. Vou levá-los para Tereza e a busco, antes de passar no pai de Edgar. Ele vai mandá-los para vocês pelo funcionário da alfândega.

Talvez eu seja demitido, sim, disse Kurt. Quando vocês estiverem na Alemanha, me mandem duas fotos, uma com a janela e outra com o asfalto. Elas vão chegar, Pjele sabe que elas doem.

Tereza chorou quando escutou que eu tinha preenchido as lacunas. Seu namorado a tinha deixado. Ele disse: Uma mulher sem filhos é como uma árvore sem frutos. Tereza e ele iam pegar o bonde. Ele mostrou para Tereza os passageiros aguardando na parada e lhe disse as doenças deles.

Tereza falou: Você não os conhece. Mas ele continuava distribuindo diagnósticos: Esse tem problema no fígado, aquela no pulmão. Se não tinha mais o que inventar, ele dizia: Veja como ele mexe a cabeça. E essa tem coisa no coração. E na laringe. Tereza perguntou: E eu. Ele não respondeu. Os sentimentos, ele disse, não vêm da cabeça. Eles vêm das glândulas.

A noz debaixo do braço de Tereza estava doendo nos últimos tempos. A noz esticava uma corda da axila ao peito.

Eu não queria que Tereza ficasse sozinha e disse: Se apoie em Kurt. Tereza assentiu. Eu sou mesmo apenas metade da noz, ela disse. Você está levando um pedaço de mim. Você dá para Kurt aquilo que fica aqui. O que não é mais inteiro é fácil de dividir.

Agora era minha vez de apertar a maçaneta no tronco da bétula. Tereza sabia que essa porta entre nós iria se fechar, que eu não poderia voltar em visita ao país.

Sei que nunca mais vamos nos ver, ela disse.

Eu também disse a Kurt: apoie-se em Tereza. Uma amizade não é um casaco que eu posso herdar de você, ele disse. Posso entrar nele. Ele poderia me servir externamente, mas não mantém o calor do lado de dentro.

Tudo o que falávamos se tornava definitivo. Pisotear tanto as palavras na boca como a grama com os pés, toda despedida era assim.

Quem amava e abandonava éramos nós mesmos. Tínhamos levado aos extremos a maldição de uma canção:

Que Deus puna
com o passo do besouro
com o zunido do vento
com a poeira da terra.

A mãe chegou à cidade com o primeiro trem. Ela tomou um comprimido de tranquilizante no trem e, da estação, seguiu para o cabeleireiro. Ela foi ao cabeleireiro pela primeira vez na vida. Ela cortou a trança para emigrar.

Por quê. A trança faz parte de você, eu disse.

De mim, sim, mas ela não faz parte da Alemanha.

Quem disse isso.

Não tratam a gente bem quando se chega à Alemanha de trança, ela disse. A da avó eu mesma vou cortar. O cabeleireiro morreu. Um cabeleireiro aqui da cidade perderia a paciência com ela, ela não para quieta diante do espelho. Tenho de amarrá-la na cadeira.

Meu coração estava martelando, ela disse. O velho que me cortou a trança tinha uma mão leve. O jovem que me lavou o cabelo depois tinha uma mão pesada. Eu tremi quando foi a hora da tesoura. Foi como no médico.

A mãe fez uma permanente. Para mostrar os cabelos cacheados, ela não usou o lenço de cabeça apesar do frio. Ela carregava a trança cortada num saco plástico.

Você vai levá-la, perguntei.

Ela deu de ombros.

Entramos em várias lojas. Ela comprou o enxoval para a Alemanha: uma nova tábua para fazer macarrão com o rolo, um moedor de nozes, um jogo de pratos, um de copos e formas de bolo. E talheres novos, inoxidáveis. Garrafas novas para ela e para vovó.

Como para uma noiva, ela disse e olhou para o relógio de pulso morto. É permitido enviar uma caixa com cento e vinte quilos no trem para a Alemanha. O relógio morto em seu braço estava de pulseira nova. Que horas são, perguntou a mãe.

A trança da avó cantante não precisou mais ser cortada. Quando a mãe voltou da cidade, ela estava morta no chão, com um pedaço de maçã na boca. Foi como se ela tivesse morrido do enxoval de noiva. O pedaço de maçã ainda estava entre os lábios. Ela não sufocou por causa disso. O pedaço tinha uma casca vermelha.

No dia seguinte, o policial não achou em toda a casa nenhuma maçã com um pedaço faltante.

Talvez ela tenha comido a maçã e deixado o primeiro pedaço para o fim, disse o tio da relojoaria.

Ela tem de ser tirada dos formulários, disse o policial. A mãe lhe deu dinheiro.

Ela ficou zanzando durante tanto tempo pelo mundo, disse a mãe, ela bem que poderia ter esperado até estarmos na Alemanha. Lá também há caixões. Mas ela não me suporta, por isso fechou os olhos agora. Foi isso que ela matutou quando me olhou feito um furão. Agora eu tenho de me virar com os coveiros e o padre. Seu túmulo tem de ser aqui. Foi assim que ela quis, que eu largasse tudo para trás aqui.

A rigidez cadavérica já era perceptível. A mãe e o tio da relojoaria cortaram as roupas da morta com a tesoura e tiraram-nas do corpo. A mãe trouxe uma bacia d'água e um pano branco. O tio da relojoaria disse: Lavar mortos não é coisa de parente. Os estranhos é que têm de fazer, senão todos morrem. Ele lavou o rosto, o pescoço, as mãos e os pés da avó. Ontem ela ainda passou pela minha janela, ele disse. Quem teria imaginado que hoje eu a estaria lavando. Não estou constrangido por ela estar nua. Ele também cortou as roupas íntimas novas com a tesoura. A mãe costurou as roupas da morta de volta ao corpo.

Quem usa roupas limpas, pensei, não entra sujo no céu. Não tem como escapar, disse o tio da relojoaria, o corpo dela não ajuda mais, não dá para curvá-la. E para mim, ele disse: Você bem que poderia nos ajudar.

Peguei a linha da caixinha de costura e passei-a por uma agulha grossa, usei linha dupla. Coloquei a agulha sobre uma cadeira. Deixe a linha simples, disse mamãe, ela é forte o bastante. Vai aguentar até o céu. Ela dava pontos grandes e nós gordos nas extremidades. Ela tinha perdido a tesoura e cortava a linha da morta com os dentes.

A boca da avó estava aberta, embora houvesse um pano amarrado ao redor do queixo. Descanse a fera de sua alma, falei para ela.

A mãe morava em Augsburg. Ela enviou uma carta com suas dores nas costas para Berlim. Ela não estava certa de ser ela mesma e, como remetente, anotou no envelope o nome da viúva com quem morava: Helene Schall.

Na carta da mãe estava escrito: a senhora Schall também já foi fugitiva. Depois da guerra ela ficou sozinha com três filhos pendurados no pescoço, sem marido. Ela criou os filhos sozinha e agora está aí. Sendo uma boca só, dá para viver bastante dignamente com a aposentadoria. Tudo bem, quero mais que ela aproveite.

A senhora Schall diz que Landshut é menor que Augsburg. Como assim, há tantos do nosso vilarejo morando por lá. A senhora Schall me mostrou o mapa. Mas os nomes dos lugares estão dispostos como as roupas nas lojas que não podemos pagar.

Na cidade, quando leio o que está escrito nos ônibus, sinto um puxão atrás da cabeça. Leio os nomes das ruas em voz alta. Quando o ônibus passou, já os esqueci. A foto da nossa casa está na caixinha de costura, para não ficar pegando nela o dia inteiro. Mas à noite, antes de desligar a luz, olho para nossa casa. Mordo os lábios e me sinto aliviada que o quarto escureça logo.

Aqui as ruas são boas, mas tudo é tão longe. Não estou acostumada com o asfalto, meus pés doem e meu cérebro também. Aqui, todos os dias meu cansaço corresponde talvez ao de um ano em casa.

Não é mais nossa casa, outras pessoas estão morando lá agora, eu escrevi para a mãe. Casa é onde você está.

No envelope, escrevi grande: Senhora Helene Schall. Escrevi o nome da mãe entre parênteses, embaixo, bem menor. Vi a mãe entre os parênteses, andando, comendo, dormindo, me amando com medo, como no envelope. Piso, mesa, cadeira e cama eram da senhora Schall.

E a mãe me escreveu de volta: Você não sabe o que é casa. É bem provável que casa seja onde o tio da relojoaria esteja cuidando dos túmulos.

Edgar morava em Colônia. Recebíamos as mesmas cartas com as machadinhas cruzadas:

Vocês estão condenados à morte, logo vamos pegar vocês.

O carimbo do correio era de Viena.

Edgar e eu nos falávamos por telefone, o dinheiro não nos era suficiente para viajarmos. A voz ao telefone também não nos era suficiente. Sentíamos falta do costume, a língua ficava presa de medo ao dizer segredos pelo telefone.

As ameaças de morte também me alcançavam pelo telefone, pelo fone, que eu tinha de segurar no rosto enquanto falava com Edgar. Durante a conversa, eu sentia como se tivéssemos trazido o capitão Pjele.

Edgar ainda vivia no abrigo provisório. Um velho em seus melhores anos, ele desdenhava, um professor fracassado. Como eu, dois meses antes, ele tinha de provar agora que tinha sido demitido na Romênia por questões políticas.

Testemunhas não bastam, disse o funcionário. Só um papel com um carimbo que ateste isso.

De onde.

O funcionário deu de ombros e apoiou a esferográfica na horizontal no vaso de flores. A caneta tombou.

Por causa da demissão, não recebemos seguro-desemprego. Tínhamos de fazer render ao máximo o dinheiro e não podíamos nos visitar tantas vezes quanto queríamos para nos ver.

Fomos duas vezes a Frankfurt para ver o lugar onde Georg tinha morrido. Da primeira vez, não tiramos fotos para Kurt. Da segunda, fomos fortes o bastante para tirá-las. Mas daí Kurt já estava no cemitério.

Vimos a janela por dentro e por fora, o asfalto de cima e de baixo. Uma criança caminhava pelo longo corredor do abrigo temporário e respirava forte. Andávamos nas pontas dos pés. Edgar tirou a máquina fotográfica da minha mão e disse: Voltaremos, não dá certo com choro.

Percorrermos o caminho principal do cemitério da floresta. O silêncio das heras era de dilacerar. Havia uma placa sobre um túmulo:

Este túmulo encontra-se descuidado. Sua manutenção deve ser providenciada no prazo de um mês, sob pena de terraplenagem. A administração do cemitério.

Eu não derramei lágrimas junto ao túmulo de Georg. Edgar meteu a ponta do sapato na borda úmida do túmulo. Ele disse: Ele está aí dentro. Ele pegou um torrão de terra e atirou-o pelo ar. Ouvimos como ele caía. Ele pegou mais um torrão e deixou-o cair dentro do bolso do casaco. Não ouvimos esse torrão. Edgar olhou para as palmas das mãos. Que sujeira, ele disse. Eu sabia que ele não estava se referindo à terra. O túmulo se parecia com um saco. E a janela, pensei, deve ser apenas a impressão de uma janela. Eu a tinha tocado e não sentido nada nas mãos, ao abrir e fechar a janela não senti mais do que ao abrir e fechar os olhos. A janela verdadeira devia estar lá embaixo no túmulo.

O que matou leva-se junto, pensei. Não conseguia imaginar um caixão, somente uma janela.

Eu não sabia como a palavra sobreinifinito chegava aqui ao cemitério. Mas, junto a esse túmulo, eu sabia qual devia ter sido sempre seu significado.

Nunca mais me esqueci.

Eu poderia ter dito a Tereza: transfinito é uma janela que não some quando alguém salta dela. Eu não queria escrever isso numa carta. Não era da conta do capitão Pjele o significado de transfinito. Ele era infame demais para pensar em si mesmo a partir da palavra. Ele transformava em cemitérios até os lugares onde não pisava. Ele conhecia certas janelas em certos corredores.

Quando Edgar e eu deixamos o cemitério, as árvores tremulavam. O céu pressionava seus galhos tortos. As frésias e as tulipas congeladas estavam sobre os túmulos como se sobre mesas. Edgar limpou as solas do sapato com uma madeirinha. Devia haver maçanetas nos troncos das árvores. Cega como eu estava, como naquela época na floresta, eu não as vi.

Por trás das dores das costas da mãe estava escrito: Esta semana chegou a caixa grande com minhas coisas da Romênia. O rolo e a tábua de macarrão estão faltando. No sábado à tarde, trouxe duas pombas para casa nos bolsos do sobretudo. Para uma boa sopa, pensei. A senhora Schall disse que isso não era permitido, as pombas são da cidade. Ela me obrigou a soltar as pombas. Assegurei-lhe de que ninguém tinha me visto. As pombas poderiam ter saído voando, eu disse. Quando as pombas se deixam ser apanhadas, então a culpa é delas, mesmo se forem da cidade. Lá no parque há mais pombas do que o suficiente.

Tive de colocar as pombas de novo no sobretudo e sair de casa. Quis soltá-las duas casas adiante. Se elas são da cidade, pensei, vão encontrar o caminho sozinhas. Ninguém estava passando pela rua nessa hora. Coloquei-as sobre a grama da calçada. Você acha que elas voaram. Fiz vento com as mãos, mas elas não se mexeram. Veio uma criança de bicicleta e desceu. Ela perguntou o que havia lá. Ora, duas pombas, eu disse, elas não querem sair daqui. A criança disse: Então que fiquem aí, a senhora não tem nada com isso. Quando a criança foi embora, veio um homem e disse: Elas são do parque, quem as trouxe até aqui. Eu disse: A criança ali na frente de bicicleta. Ele berrou: O que a senhora está pensando, aquele é meu neto. Eu não sabia disso, eu falei. Eu realmente não sabia. Em seguida, coloquei as pombas nos bolsos do sobretudo. Como o homem ficou olhando esquisito, falei para ele: Todos ficam parados e ninguém faz nada. Vou devolver as pombas para o parque.

Kurt enviou pelo funcionário da alfândega uma carta gorda com uma lista de mortos em fuga, os poemas dos picanços com fotos dos bebedores de sangue e prisioneiros. Numa das fotos aparecia o capitão Pjele.

Tereza morreu, dizia a carta. Quando ela apertava a perna com o dedo, ficava uma depressão na pele. Suas pernas eram como mangueiras, a água não saía mais com comprimidos, ela subia até o coração. Nas últimas semanas, Tereza recebeu radiação, ficou com febre e vomitou.

Fiquei junto dela até ela ir visitá-la. Pjele mandou-a até você. Eu não queria que ela fosse. Ela disse: Você está com inveja.

Depois de voltar da Alemanha, ela me evitava. Ela foi prestar depoimento. Eu a vi apenas duas vezes e exigi de volta tudo o que estava com ela. Ela me devolveu tudo.

Mas eu não me espantaria se Pjele algum dia sacasse tudo da escrivaninha.

Entrei com pedido de emigração, nos vemos no começo do ano.

A morte de Tereza me doeu como se eu tivesse duas cabeças que ficassem se chocando uma contra a outra. Numa havia o amor cultivado, na outra o ódio. Eu queria que o amor renascesse. Ele cresceu como grama e mato misturados e se tornou o protesto mais frio em minha cabeça. Ele era minha planta mais idiota.

Mas três semanas antes da carta gorda, Edgar e eu recebemos dois telegramas iguais:

Kurt foi encontrado morto em seu apartamento. Ele se enforcou com uma corda.

Quem tinha enviado os telegramas. Li em voz alta, como se tivesse de cantar diante do capitão Pjele. Nessa cantoria, a língua batia contra a testa, como se a ponta da língua estivesse presa a um metrônomo conduzido pelo capitão Pjele.

Edgar veio me visitar. Colocamos os telegramas lado a lado. Edgar balançou a tortura das galinhas, a bolinha voou, os bicos picavam a madeira. Observei as galinhas com tranquilidade. Não fui invejosa nem mesquinha. Só fiquei amedrontada. Tão amedrontada que não quis arrancar a tortura das galinhas da mão de Edgar.

Não é por acaso que a correspondência é enviada em sacos, eu disse. Os sacos de correspondência ficam mais tempo em trânsito do que os sacos da vida. A galinha branca, a vermelha, a preta, eu queria olhá-las todas em sequência. A sequencia ficava confusa com as picadas rápidas. Mas não no caso dos sacos com o cinto, com a janela, com a noz, com a corda.

Você com seu saco suábio de pão, disse Edgar, se alguém ouvir isso vai achar você louca.

Espalhamos as fotos de Kurt no chão. Sentamos diante delas como no passado, no jardim de buxos. Tive de olhar rapidamente para o teto do quarto, para checar se o branco não era, na verdade, o céu.

Na última foto, o capitão Pjele caminhava pela praça Trajan. Ele carregava um pacote de papel branco numa das mãos. Na outra, havia uma criança.

No verso da foto, Kurt escreveu:

Vovô comprando bolo.

Eu queria que o capitão Pjele carregasse um saco com todos os seus mortos. Que quando ele estivesse no barbeiro, seu cabelo cortado cheirasse a cemitério recém-aparado. Que o crime fedesse quando ele se sentasse à mesa com o neto depois do trabalho. Que essa criança se enojasse dos dedos que lhe dão bolo.

Senti minha boca abrir e fechar:

Kurt disse certa vez: Essas crianças já são cúmplices. Quando são beijadas à noite, elas sentem pelo cheiro que seus pais bebem sangue no abatedouro e querem ir lá.

Edgar movimentou a cabeça como se estivesse falando junto. Mas ele fazia silêncio.

Estávamos sentados diante das fotos no chão. Peguei a foto do vovô. Olhei a criança bem de perto. Depois, o pacotinho branco do vovô.

Ainda dizemos meu cabeleireiro e minha tesourinha de unha enquanto outros nunca mais perdem um botão.

Minhas pernas adormeceram de sentar.

Quando ficamos em silêncio, nos tornamos desagradáveis, disse Edgar, quando falamos, nos tornamos ridículos.